Ronso Kaigai
MYSTERY
247

ポンコツ競走馬の秘密

Frank Gruber
The Gift Horse

フランク・グルーバー
冨田ひろみ［訳］

論創社

The Gift Horse
1942
by Frank Gruber

目次

主要登場人物

ジョニー・フレッチャー……………書籍セールスマン
サム・クラッグ………………………ジョニーの相棒
ジョー・シブリー……………………〈シブリー・ステーブル〉代表。ユリシーズ号の馬主
ウィルバー・ガンツ…………………〈シブリー・ステーブル〉の厩務員
ベン・クリーガー……………………シブリーの顧問弁護士で元判事
ウィリー・ピペット…………………私設馬券屋
レフティ………………………………ピペットの子分
アーニー………………………………ピペットの子分
パット・シー…………………………騎手
ヘレン・ローサー……………………ジョー・シブリーの姪と称する女
エドワード（エド）・ローサー ……ヘレンの父親
アルバート・シブリー………………ジョー・シブリーの弟と称する男
チャールズ・コンガー………………若手弁護士
アーネスト・ウィルコックス………〝ソニー〟と呼ばれる見習い騎手
ピーボディ……………………………〈四十五丁目ホテル〉の支配人
エディー・ミラー……………………〈四十五丁目ホテル〉のボーイ長

ポンコツ競走馬の秘密

第一章

ジョニー・フレッチャーをごきげんにするのに大した手間はいらない。ポケットの中の五ドル札一枚と、とっておきの勝ち馬情報があればじゅうぶんだ。というわけで彼はいま、鼻歌まじりに、オンボロの小型車でジャマイカ競馬場まで向かっている。

ジョニーと比べてサム・クラッグのほうは、背中を丸めて新聞を読みふけっている。「ジョニー、あったよ、この記事だ」彼は暗い声で言った。「記事によれば、ワイジンガーって男が、競馬で帳簿の帳尻を合わせようとして、五年の判決を食らったそうだ」

「だけどその男は、競馬場の関係筋からまともな情報をもらえたのか？ ジョー・シブリーの話じゃ、ユリシーズ号なら最初のコーナーに入る前に、他の馬たちを置いてけぼりにしていくってよ」

「それはジョーの勝手な言い分だよ。あいつはあの駄馬の持ち主だぞ、身びいきが過ぎるだけさ。第一、予想屋たちはユリシーズの勝ちなんか、まるで予想してないよ。ピート・フィシェルなんて、ユリシーズがエンパイア競馬場の第四レースで競争中止となったのは、前日も前々日も走ったからだとさ」

「ジョーが言うには、あのときのユリシーズは後手を踏んだそうだ」ジョニーが言い返した。「でも、今日のレースだけは、この馬に賭けろって言うんだ。ジョーがおれに間違ったことを教えると思うかい？　かつてやつの命を救ったも同然のおれにだぞ」

サムが頭を振った。「オーケー、ジョニー。おれたちには五ドルある。競馬場に入るには二ドル二十セントかかる。それからあの馬に二ドル賭けたら、おれたちに残るのは八十セントだ。それと本の山だ。明日には売っちまおうぜ」

「ああ、もちろんだ……競馬場はもうすぐだぞ。ほら、あの人込みを見ろよ」

「ああ、みんな左に進んでいるな。でも気をつけて運転してくれよ。このオンボロ車じゃ、ぶつけられたらひとたまりもないぞ」

「おれが車を壊したことなんてあったか、サム？」

サムはその問いかけに答えなかった。が、数分後に答えは出た。ジャマイカ競馬場の外にある、広々とした駐車場に車をいれたときに、それは起こった。

ポンコツ車の前で、目の覚めるような黄色のクーペがスリップして急停車した。ジョニーにすればブレーキをかける余裕はたっぷりあったのに、ポンコツ車のブレーキが全然きかなかった。だから車は、黄色いクーペのリアバンパーに追突——しただけでなく、あっというまに動かなくなってしまったのだ。

「何考えてんだよ！」ジョニーはわめいて、ポンコツ車から勢いよく出ていった。クーペのドライバーも飛び出してきた。運転が許される年齢にかろうじて達していそうな女だが、車を入手できるだけのものはたっぷり持っているのだろう。グシャッとへこんだ左側のリアフェンダーを見る彼女の目が怒りに燃えていた。

「このとんま！　バンパーを叩きつぶしてくれたわね。け、警察を呼んでやる！」

「警察だと？」ジョニーはあえぎながら言った。「そっちのフェンダーはもともと曲がってたんだろ。それより、こっちの車を見てくれ！」

「そんなガラクタの寄せ集めが車だなんてよく言うわ。そんなものを運転するなんて、頭がいかれてるんじゃないの。免許証を見せなさいよ」

「そっちこそ見せてみろ」

「ほら！」女はハンドバッグから紙入れを引っぱり出すと、ジョニーの目の前にさっと突きつけた。

「ヘレン・ローサー」ジョニーが読みあげた。「エルカミーノ・アパートメントか。わかった、修理代の請求書は送っとくよ」

「何言ってんの？　あんたの免許証を見せてよ」

サムが壊れたポンコツ車から降りてきて、ジョニーの耳元でささやいた。「そのくらいにしとけよ、ジョニー。人が集まってきてるぞ」

ジョニーはあたりをぐるりと見回した。出走予定時刻が近づいていて、車は駐車場に続々と入ってきている。だがドライバーたちは車を停めるよりも、目の前の騒動に気を取られている。喧嘩見物が嫌いなやつなどいないうえ、ジョニーと女が声を張りあげ続けていたからだ。

「いいだろう」ジョニーは女に言った。「このへんでやめとくよ。どっちの責任かなんて、もう言うつもりはないさ。あんたはあんたの車の傷をなんとかしろ、おれはこっちの車をなんとかするから――」

「そうはいかないわ！」女は憤然として言った。「こっちのフェンダーは、そっちの車一台分よりずっと高いのよ、あんた、わざとぶつかったんじゃないの。さあ、免許証を見せなさいよ。それとも持ってないの？」

「おれが無免許で車を運転するとでも？」

「するかもね。でも、そんなことしてたら、そっちには都合が悪すぎるわね。さあ、免許証を出しなさい。さもないと、警察を呼ぶわよ」

「二台の車のバンパーがからまっちまってるよ、ジョニー」サムが口をはさんだ。「それもしっかりと！」

「うそっ！」女は慌てて前を見た。まじまじと見つめたかと思うと、ジョニーのほうに向き直った。その目は怒りのあまり、いまにも涙があふれそうだ。「なんてこと……警察に！」

「おいおい、お嬢さん」サムが声を張りあげた。「あんたの車はおれが持ち上げてやるよ」

「無理だわ」

「無理だと？　まあ、見てなって」

サムはしばしバンパーをながめたかと思うと、さっと前かがみになって、つぶれたポンコツ車のバンパーをつかんだ。傍目にはなんの苦もなく、彼は車の前方を持ち上げて、一歩分かそこら後ずさりすると、車を置いた。

集まった野次馬から、恐れのようなどよめきが起こった。

ジョニーが突然、得意げにあたりを見回した。「にんげん起重機だ！」彼は思いっきり声を張りあげた。「みんな、あれを見たかい？　あれこそ若き怪力サムソン、世界最強の男だ！　サム、もう一度やってくれ！」

「はあ？」サムが驚いてうなった。

「もう一度、車を持ち上げてくれと言ったんだ。ここにいるみんなが、たまたま持ち上がったんじゃないかとか、トリックだとか思うかもしれないだろう」と言うと、ジョニーは声をひそめてささやいた。「ポンコツがおしゃかになっちまったんだ、ここでひと儲けしとこうぜ」

サムがポンコツ車の前に進み出ると、すかさずジョニーが続けた。

「みなさん、彼をご覧あれ。あの車をまるでおもちゃみたいに持ち上げてみせますよ。ほらね！　さあ、今度はおろしてくれ。そうです、みなさん、こんなすごいもの、二度とご覧になれませんよ。世界で最強の男。しかも、若きサムソンが、かつてはたった九十五ポンドしかない虚弱な男だったとは、いったい誰が信じようか！　これは真実なんですよ、みなさん……」

黄色いクーペの持ち主が、突然ジョニーの前に出てきて、歯嚙みしていきり立った。「あんた、いったい何をたくらんでんのよ？　免許証を見せなさいよ、さもないと……」

「頼む、ちょっと待っててくれ！」ジョニーはそう言い、彼女を無視して続けた。「みなさん、すべてはこの小さな本の中にあるんです。いま目の前にいる男が、若きサムソンになった秘密の特訓法がここにすべて書いてある。豊富な図と解説文で、どなたでも――そう、あなたもあなたもあなたも――どうすれば若きサムソン並みに力強くなれるかが、これを読めばすっかりわかります。たった一週間でブルックリンの電話帳を真っ二つに裂けるし、ひと月あれば鉄の棒を折り曲げることだってできるんです……そうです、たった二ドル九十五セントですよ。そちらさんも、力強くなりたいと思いませんか？　もちろん、なれますとも。それからお嬢さん、ボーイフレンドのために一冊いかが。いまはちょっとふくよかになってしまったかもしれないが、この本の内容どおりにしばらく続けてもらえれば――おや、まあ！」

「ジョニー」サムがしゃがれ声で言った。「おまわりだ……」

「はい、あなたもですね！」ジョニーが叫んだ。「お急ぎを！　わたしはこの場所を二十五年借りているわけじゃないもんでね。実を言うと、いま契約満了するところなんですよ。ちょっと、道をあけてもらえますか！」

ピュッ！

ジョニーが駆け出した。ヨンカーズ・チームのラインをインターフェアしながら突破していくノートルダム・チーム（両チームともニューヨーク州内のアメフトチームと思われる）みたいに、立ちはだかる見物人たちをかわしながら走り抜けていくサムの後ろにぴたりとついて。二人はそのままチケット売り場まで、一目散に駆け抜けていった。

その売場で、ジョニーは急いで二人分の入場券を買った。ゲートをくぐると、ようやく後ろを振り返り、駐車場のあたりを見回した。まだかなり騒然としているようだ。

彼は頭を振って言った。「あと五分ありゃなあ……まあ、それでも五冊は売れた。ありがたいぜ」

「そうだな。でも百冊は置き去りにしちまったぞ」

「まったくだ。おまけにあのイカした車も失っちまったしな。おまわりがナンバープレートから持ち主を割り出そうなんて気をおこさないことを祈るぜ。ふーむ、あの娘には二、三ドルばかり送っておくか。フェンダーの修理代として。ヘレン・ローサーが……」

「各馬、いっせいにスタートしました！」拡声器から声がとどろき、二万ばかりの観客が声を嗄らす。

「スタートしたぞ」ジョニーは声をあげ、慌てたように、興奮する客たちの人垣を押し分けて進んでいった。爪先立ってコースが見える位置までたどりつけた頃には、最後の直線の攻防のまっただなか。

客たちはみな激しく興奮していた。

「ジェリコ！　メアリーモード！　ホーボーケン！……いいぞ！……行けー！……」

「ジェリコが勝った！」

ジョニーが爪先立ちのまま、体を前後に揺らしながら言った。「おっ、掲示板に払い戻しが三十二ドル八十セントと出たぞ。なあ、これっていつまで有効なんだ？」

「あの配当は第一レースのだよ」サムが言った。「ユリシーズは第二レースだ。さあ、おれたちも馬券を買いに行こう」

「そうだった！　で、売り場はどこだ？」

「あそこ、パリミューチュエル式馬券（売上総額から手数料や税金等を差し引いた残金を的中した票数で等分して払い戻す方式）売り場でだよ。だけど、なあ、ここは無茶しないで、複勝に二ドル賭けるくらいにしとかないか？」

「複勝だといくらつくんだ？」

「六ドル戻るな。儲けは四ドルだ」

「四ドルだって？　おい、おれたちはそんなことのためにここへ来たのか？　なあ、ここに入るのに二ドル二十セントかかってんだぞ」

サムは、降参だとばかりにため息をついた。「オーケー、まかせるよ。だけど、おれは、ユリシーズはそんなに走らないんじゃないかと思うんだよなあ」

ジョニーは馬券売り場に向かった。大急ぎのあまり、背の低い痩せた男とぶつかってしまい、相手をひっくり返しそうになった。「失礼、ミスター」そう言いかけたところで、声を張りあげた。「ジョー・シブリーじゃないか！　まさにいま、探してたんだぞ！」

「ジョニー・フレッチャー！　なんとなんと！」小さい男が叫んだ。「会えて本当にうれしいよ。おれと再会せずに競馬場から帰っちまわないでくれ。いま、急いでいてね。ユリシーズがスタートにつくところなんだ」

「なあ、教えてくれ。いまちょうど、そのユリシーズに賭けようとしてたんだ。えっと、あんたは彼の勝ちを確信してるんだよな？」

「大金をぶっこめよ、ジョニー。やつは調子がいいし、このレースはやつのためにあるようなもんだぞ」

「よし、ジョー、わかった。買うよ」

ジョニーは馬主と別れて、複勝二ドル用の窓口に向かい、販売人に告げた。「ユリシーズを一枚」

窓口の男が馬券発行機のボタンを押すと、ピンクの馬券がひょいと出て、じれったそうに待つジョニーの手に渡された。

「幸運を」チケット販売人が愉快そうに言った。「あのポンコツが来たら、けっこうな額がつくね。やつに賭けた馬券を売ったのは、これでたったの二枚目だ」

「なんだって？」ジョニーは顔をしかめた。「万が一勝ったら、単勝はどれくらいつくと思うかい？」

販売人は肩をすくめた。「総額次第だけど、七十か八十はつくな。ひょっとしたらもっとかも」

ジョニーは息をのんだ。「このレースは何頭出るんだ？」

「たった八頭だ」

「たった八頭？　じゃあ、おれには八分の一のチャンスがあるんだな？」

「まあ、そういう見方もあるかね」

ジョニーは売り場から立ち去りながら、頭を振った。それから急にくるりと向きを変えると、単勝五ドルの窓口に向かった。「ユリシーズを三枚だ」彼はきっぱり言うと、すぐに厚紙でできた馬券を受け取った。

ジョニーは競馬場の外で、一冊につき二ドル九十五セントの本を五冊売っていた。もともと手許に五ドルあったが、自分とサムの入場券に二ドル二十セント使った。いまユリシーズに単勝で十五ドル、複勝に二ドルで計十七ドルを賭けた。つまり残ったのは五十五セントだった。

だが、ユリシーズの単勝が百対一なら（アメリカ競馬のオッズは一ドルに対し何ドルつくかで表示される）……。ジョニーはそれを考えただけで身震いした。

彼がグランドスタンドでサムと合流した頃、出走馬たちは列をつくって行進中だった。サムは鼻にしわを寄せ、うんざりしたように言った。「あれがあんたの馬だよ、八番だ。よさそうに見えないなあ」

「八番だな？　なあ、おれには優雅に見えるぜ。おれはいつも黒毛が好きだし、彼はかなり大きいじゃないか。まわりにいる、ちっこいやつらとは違うよ」

「あそこにいるあの小さいの、二番のハイアウォサ。おれはこのレースではあの馬が気に入ったな。それから、あの小さな牝馬（ひんば）のほう、あれはミモイだ。あの馬が二着に来そうだな」

「ひょっとしたら、ひょっとするかもな。だがおれは、ジョー・シブリーに会ったばかりで、あらためて彼から、ユリシーズが負けるはずがないと太鼓判を押してもらったんだ。彼には大金を投じたんだから……ほら！……」ジョニーの目がトラックの反対側にある大型の電光掲示板に釘づけになった。掲示板の光が一瞬点滅して、新たなオッズを示していた。

「八番は」ジョニーが読みあげた。「六十だと。ちぇっ、オッズが下がってるじゃないか！　いまはたったの六十対一かよ。百対一になってくれたらなあ」

サムがうなった。「もう我慢できないや。ジョニー、おれに二ドルくれよ。そしたらハイアウォサに賭けるから。ひょっとしたら払い戻しがあるかもしれないよ」

「おっと、このレースでは、もう賭ける気はないね」

「あんたはもう賭けなくていいよ。おれがこの馬に賭けるんだ。さあ、金をくれ」

「無理だよ、サム。もうないんだ」

「はあ？　本は五冊売れたんだよな？」

「そうだ。で、ユリシーズにぜんぶ賭けちまった」

サムはショックで頭がくらっとした。「嘘だろ！　だって、あんたは……」

「シブリーがあれだけ自信満々なんだ、ユリシーズで大丈夫だ」

「もう見てられないや」サムはうなった。「レースが終ったら教えてくれ、そしたら家に帰れるな。頼むから――」

「スタートしました！」

「ウォーッ！」ジョニーが叫んだ。「ユリシーズを見ろ。群れから飛び抜けていくぞ。あの走りを見ろよ！」

驚いたものの、まだ信じられないでいるサムが背伸びをした。「あれは二番の馬だよ、ジョニー」

彼は嘆くような声で言った。「ハイアウォサだ。八番はしんがりだよ」

ジョニーは、まるで蒸気オルガンみたいに肺から息を吐き出した。ユリシーズは七番手を走る馬から二馬身の遅れ。コーナーでは三馬身半の遅れをとった。

「さあこい、頼む」ジョニーが叫んだ。「追いつけ！」

だが、もだえ苦しむジョニーにとどめをさすかのように、ユリシーズは八馬身差のびりに終わった。ジョニーは馬券をずたずたに引き裂くと、猛烈に腹を立てて、ジョー・シブリーを探しにかかった。出走馬が検量室前に戻った際は取り逃がしたものの、守衛を押しのけ、厩舎が並ぶエリアにまで押しかけた。

「ジョー・シブリーはどこだ？」彼は黒人の厩務員に尋ねた。

厩務員はにやっと笑った。「シブリーさんは、おかげんがよくないようなんだな。十三番の〈ラッキー・ステーブル〉に行ってみなよ」

「十三番だな、よし！」

サムがあとに続き、ジョニーは十三番と記された厩舎にそっと近づいた。だが、中には入らなかった。ちょうどジョー・シブリーが出てくるところだ。彼には連れがいた。駐車場でジョニーのポンコツ車がぶつかってしまった、あの車の女だった。

彼女はジョニーのことにすぐに気づいて、目をかっと見開いた。「あんた！　こんなところにいたとは！　また会えてうれしいわ。警官はどこ？」

ジョニーは片手をあげて言った。「お嬢さん、おれはもうたっぷり罰を受けたんだ。ユリシーズに有り金賭けちまったからね」

「すまない、ジョニー」ジョー・シブリーが割り込んだ。「きみにあやまりたかったんだ。今夜わが家に来てくれ。ディナーをごちそうする。話しておきたい大事な用件もあるんだ。無駄足は踏ませないよ」

その口調には、さっきまでジョニーが抱えていた馬主に向けた怒りの気持ちをどこか抑えこんでしまうものがあった。彼はうなずいた。

「オーケー、ジョー。必ず行くよ」

「そしてわたしも行くわ――警官を連れてね」ヘレン・ローサーがぴしゃりと言った。

ジョニーは彼女に歯を見せて笑った。すぐさまシブリーに抜け目ない視線を送ったが、相手は彼女を紹介する気がないらしい。ジョニーは肩をすくめ、サムの腕に触れて帰ろうと促した。

話を聞かれないところまでくると、サムが言った。「ジョーのやつ、なんだかへんだったな。あんな深刻そうな顔は見たことがないよ。しかも、あの女と知り合いとはね」

「ああ。ひょっとしたら親類か。もっとも、親類がいるなんてジョーから聞いたことがない。まあ、今夜、行けばわかるな」

「どうやって？　ジョーの家は、ロングアイランドのはずれにあるんだ。おれたち、街中まで戻る金もなければ、あんな郊外に出る金なんてもっとないぞ。おまけに、おれが歩くつもりでいるなんて思ったなら、あんたはおめでたすぎるぜ」

第二章

ジョー・シブリーの屋敷まで行くのに、えんえんと歩き続ける必要はなかった。少なくとも途中までは、歩かずに済んだ。ジョニー・フレッチャーが、競馬場の外で入念に聞きまわったおかげで、彼とサムはそれぞれ十セントあればフラッシングまで行けるとわかった。そこで、ノーザーン・ブルーバードを走るバスに乗りかえ、マンハセットの近くで降りた。その時点でジョニーのポケットには、十五セントが残った。

マンハセットからジョー・シブリーの家までは、たった二・五マイルほどだった。曲がりくねった道路をそれたところにある四エーカーの敷地に、母屋(おもや)や厩舎が木々に隠れて点在していた。

道路脇に車が六台停まっていた。ジョニーはナンバープレートを確かめた。「おまわりが来てるぞ」

「あの女だ」サムが声をあげた。「先回りしやがったな」

屋敷の門前に州警察の巡査が立っていた。「誰かをお訪ねで？」警官が尋ねた。

「ジョー・シブリーだよ」ジョニーは答えた。

「彼の友人かね？」

「そうだ……なんで訊く？　何かあったのか？」

「わたしからは言えないね」

ジョニーは警察車両を指さし、じれったそうに言った。「ハイウェイパトロールがこぞってディナーに呼ばれたわけじゃないだろ？……ジョーに何があったんだ？」

警官は口元をゆがめて言った。「中に入って、巡査部長から話をきくといい」

サムが警戒信号を送り続けたが、ジョニーはそれを無視した。「行くぞ」そう言って、門を通り抜け、私道を歩き出した。砂利が敷き詰めてある私道は、カリフォルニアにでもありそうな平屋建ての母屋をぐるっと取り巻いて、裏手にある白くて細長い建物へ続いている。母屋のベランダに警官が一名、母屋の裏手と車庫と厩舎を兼ねた白い建物の前にも、警官が数名立っていた。

「巡査部長」ジョニーとサムを案内した州警察官が叫んだ。「この者たちは、シブリーの友人だそうです」

がっしりした体格で、軍人みたいな髭をはやした警官が振り向き、ジョニーとサムに鋭い視線を投げた。「今夜こちらに来たのは、たまたまかね？」

「いや」ジョニーが言った。「ジョーに招かれたんだ。何があった？」

「シブリーは死んだよ」警官がぶっきらぼうに言った。「事故だ」そう言って、厩舎のほうに頭を傾げた。

ジョニーは静かに息を吸った。「どんな事故だ？」

「馬に殺された」

「ユリシーズに？」

「名前は知らんが、その馬が殺したのは確かだ。シブリーは体中の骨を折られていた、そんなところだ」

サムがぎょっとして叫んだ。「なんて死に方だ！」

細くてしなびた顔の男が、厩舎から出てきた。「そうじゃねえ。ユリシーズが殺したりするもんか。ましてボスを」

「ウィルバー」ジョニーが叫んだ。

その小柄な男が安堵の声をあげた。「ミスター・フレッチャー！　ありがてえ。あんた、来てくれたんだね。ボスはあんたのことばっか気にしてたんだ。ボスが言ってたよ、『今朝だけは……』」彼が急に言葉を切ったので、州警察を指揮する巡査部長はその先を促した。

「なんと言ってたんだ、ガンツ？」

ウィルバー・ガンツは顔をしかめた。「さあて。ボスとミスター・フレッチャーは友だちだった。ミスター・シブリーは、ミスター・フレッチャーを信用してた、そりゃあもう、ほかの誰よりもだ。ただし、判事は別だけどよ」

「判事とは？」

「判事のクリーガーって呼ばれてる。ボスの弁護士だよ」

巡査部長の目から熱心さが消えうせた。「ベン・クリーガーがシブリーの弁護士だと？　ううむ。ルーク、クリーガーに電話だ。すぐこちらに駆けつけられるか、訊いてみてくれ。彼はグレートネックの奥に住んでいる」

ジョニーはウィルバー・ガンツににじり寄った。「今日ユリシーズに乗ったのはおまえさんか？」と、声を落として尋ねた。

「おれが？　違うよ、乗ったのはパット・シーだ。薄汚い、ならず者だぜ」

「つまり、パットがユリシーズをうまく乗りこなせなかったってことだな?」

ガンツが意地悪そうに、唾をぺっと吐いた。「ユリシーズは、あのレースなら大差をつけて勝てたはずだぜ。ボスがあんたに話したかったのは、そのことなんだ。きっとウィリー・ピペットがシーに……」

巡査部長がいきなり、フレッチャーとガンツのほうに体を向けた。「聞こえたぞ。ウィリー・ピペットが、この件とどうかかわっているんだ?」

「ウィリー・ピペットって誰だい?」ジョニーが無邪気に尋ねた。

「あんたらがいま、話題にしていたやつのことだ」

「おれは言ってない」ジョニーが言った。「おれは、ここじゃあよそ者だ」

巡査部長がいらだたしげに手を振りまわした。「おい、ガンツ、おまえ〝ピペット〟のことを話していたな」

「おれが? いんや、おれがミスター・フレッチャーに話してたのは、ユリシーズに賭けた馬券(チケット)を持っているって話だ。〝ピペット〟じゃなくて〝チケット〟、な?」

「ああ、そうだ!」ジョニーが言った。「今日はユリシーズが勝つ、とジョーがこっそり教えてくれたもんだから、おれは彼に賭けた馬券(チケット)を買ったのさ」

「で、勝ったのか?」

「知らないのか?」

「競馬はやらんのだ」

「おれたちも、やらなきゃよかったな」サムがためらいがちに言ってみた。

「ユリシーズは負けたよ」ウィルバー・ガンツが言った。「勝つはずだったのに、ボスが乗せたあのへっぽこ騎手が、絶対に〝引っぱり〟をやったんだぜ」

「騎手は誰だって?」

「パット・シーっていう、ペテン野郎だ」

「で、どうしてやつが、その馬を引っぱるんだ?」

ガンツが軽蔑したように言った。「なんで馬の手綱をわざと引っぱる騎手がいるかって? そりゃ、誰かに金をもらっているからさ。パット・シーをつかまえなよ」

「なんでだ? 競馬場があるのはジャマイカ地区で管轄外だ——わたしがたとえ、騎手がなぜ馬を〝引っぱる〟のか知りたくなったとしても、だ。もっとも、知りたいとも思わんがね」

庭のほうから騒ぎ声が聞こえてきて、男がひとり、黒髪を激しく振り乱しながら大股でこちらに向かってくる。五十歳くらいだが、とても若々しく活力に満ちていて、十歳くらい若く言っても通りそうだ。

「彼はどこだ?」その男が叫んだ。「ジョーはどこにいる?」

巡査部長が頭をひょいと下げた。「死にましたよ、判事。自分の馬に殺されたんです」

クリーガー判事は片手で額をぴしゃりと叩いた。「ユリシーズに、あわれジョーが殺されただと? なんという皮肉だ! ジョーはあの馬のことをこの世で一番に思っていたというのに。仔馬の頃から育てたんだ。この世で最高の馬だと彼は思っていた。その馬に殺されたというのか?」

「全身を蹴られていましたよ」巡査部長が簡潔に言った。「数年前、メルヴィルであった事件を思い出しましたよ。ただし、あれは犬が——」

「そう、そうだった」クリーガー判事がさっさと話をさえぎった。「そのことならすっかり知っているよ。だがジョー・シブリーはわたしの友人だ。彼にとってわたしはこの世で唯一の友と言ってもいい。もっとも、フレッチャーという男がいて……」

「それ、おれのことだよ」ジョニーが言った。

クリーガー判事は誰かに鉄剣を突き立てられたかのように体をぐいと引きつらせた。「きみが、フレッチャー？　ジョニー・フレッチャーなのか？」

ジョニーはうなずいた。「そしてこっちがおれの相棒、サム・クラッグだ」

「クラッグか、なるほど」クリーガー判事はジョニーをしげしげと見たあとで、片手を差し出した。

「ジョーから聞いたかね……きみを相続人にするつもりだという話を？」

「いや」ジョニーは言ったが、すぐさま返した。「なんだって？」

「きみはシブリーの相続人だ」

「相続人」ジョニーの声がかすれた。

「なんてこった」サムが目を丸くして言った。

「もちろん、いくつか条件があるがね」クリーガー判事は言った。「シブリーに親族がいないことはご承知だね。しかも、きみに命を救ってもらったことを感謝していた。きみみたいに私利私欲に走らない人間はほかに知らないと、彼は言っていたよ」

「ここではっきり言っておこう」サムが口を開いた。「おれたちはシブリーのポンコツ馬に賭けて有り金をすっちまったが、それこそ、おれたちが私利私欲に走らない人間だってことを証明したようなもんだ」

「黙れよ、サム」ジョニーが頭を振った。「おれにはまだ信じられないよ、ジョー・シブリーがおれに現ナマを遺してくれたなんて」

州警察の巡査部長が咳払いをした。「ちょっとよろしいかね、紳士諸君。一応、形式だけでも捜査をしたいんだが……」

「もちろんだよ、ブリット巡査部長」クリーガー判事が言った。「わたしたち抜きでやっててくれたまえ。ミスター・フレッチャー、屋敷の中へ入ろうじゃないか。ああ、ウィルバー、きみも一緒に来てくれ」

独身男性というより、女性が整えたかのような小奇麗なリビングに入ると、クリーガー判事が咳払いをした。「さすがに、彼の遺言状を持参してはいないが、数日前に作成したばかりなので、一字違わず文言をお伝えしよう……」

「急ぐには及ばないよ」ジョニーが言った。「ジョーがまだ、そこにいるんだから」

「ですな」クリーガー判事はひるんだ。「だが、遺言状の文言がかなり独特なものなのでね、きみはすぐに知っておいたほうがいいと思うのだよ。ことによっては、きみの行動が左右されかねないからね。ミスター・フレッチャー、先程きみをあわれなジョーの相続人だと言ったわけだが、それは正確さを欠いた表現だった。ある意味で、きみは遺産受け取り人の筆頭にあるが、それはだね、えーと、条件付きなのだよ。つまりその――なんだな、率直に言うとだね、本当の相続人は、ユリシーズだ……」

ジョニーははっと息をのみ、サムは声をあげた。「あの馬が？」

クリーガー判事はハンカチを取り出して鼻をかんだ。

「つまり、ミスター・シブリーはあの馬にかなりの愛着をもっていたし、ともかくも、彼には親族がいなかったものだからね。ウィルバー……たしかきみには、現金で千ドルを遺し、その条件として、ユリシーズが生きている限りは一緒にいること、その間の給料は支払われるとあったな」

ウィルバーは咳払いをした。「あっしはそれでいいっす」

弁護士はうなずいた。「そして、ミスター・フレッチャー、きみは管理人に指名されているんだ。言い換えれば、ユリシーズの後見人だ」

「けっこう」ジョニーが言った。「おれが住んでるのはニューヨークの街中で家具付きの部屋だ。馬の一頭や二頭、持ち込んだところで、とやかく言われはしまい……」

「冗談じゃないよ、ミスター・フレッチャー！　わたしが言っているのは、ミスター・シブリーは馬に莫大な財産を遺したということだよ。そしてこの馬が死んだら、ミスター・フレッチャー、きみに譲られることになるんだ」

「あの馬は何歳だい？」サムが尋ねた。

「三歳だ」ウィルバー・ガンツが答えた。

クリーガー判事は頭を振ってきっぱり言った。「いや、ミスター・フレッチャー。遺言状の文言はかなり厳密でね。あの馬を売るのも捨てるのもだめだ。もちろん、これも禁じられていて、つまりその、きみがあの馬を無理やり……」

「おれが？」ジョニーは言った。「まさか、おれは大の馬好きだぞ」

「だと思っていたよ。しかもジョー・シブリーときたら、ユリシーズのことがすこぶるお気に入りだったからね。そんなわけで彼は、わたしを遺言執行人として、遺言状通りに執り行われるかを確かめるよう命じたのだよ」

「なんとまあ」ジョニーは言った。

「そうなんだ、ミスター・フレッチャー。遺産の内訳はここの土地屋敷と、株と債券をあわせて二十万ドル相当分、それに現金だ」

「にじゅうまんどる！」ジョニーが叫んだ。「だけど、だけど馬は、現金を使えないぞ。それどころか、株だの債権だの、馬にはわかりっこないだろう」

「だが、わたしはわかっているのだよ、ミスター・フレッチャー。最後まで話を聞きたまえ。遺産についていえば、きみがここに住むことは許されている。ユリシーズに関してかかる経費は、わたしが支払うことになっている。干し草、穀物、ウィルバーへの給金……」

「人の食いものはどうなんだい？」サムが尋ねた。

判事はお手上げだと言わんばかりに両の手のひらを上に向けた。「ジョーはそこまで頭がまわらなかったようだ。少なくとも条件には入っていない……」

「ちょっと待った」ジョニーが言った。「つまりおれたちが買っていいのは、ユリシーズに与える干し草と穀物だけで、おれとサムが食うポークチョップはダメってことか」

「遺言状には、ユリシーズのために食料を与えたり獣医にかかったり、生活を快適にするための諸々の出費は惜しまない、と細かく書いてある。つまり、これまでと同様、あの馬にとって最良の飼い葉や備品を買うのは許されるが――」

「けど、人の食いものは？」サムが繰り返した。

クリーガー判事はにっこり笑って答えた。「人の食いものは、だめだ」

「わかった」ジョニーは言った。「ジョーはほんと、いいやつだった。だが彼はもういない。これで……おさらばだな、判事」

「ちょっと待ちたまえ！　きみは遺産を放棄するつもりか？」

「遺産って言うけどな」

「だから最後まで聞きなさいって。何度言わせるんだね。ジョー・シブリーはユリシーズのことを、これまで自分が生きてきた中で最高の競走馬だと思っていた。彼は、ユリシーズの生きる目的はレースで走ることだと考えていたから、それにかかわる規定を遺言状に残した。ユリシーズがレースに出走するために必要な出走料はいくらかかろうと、わたしが支払うことになる。そして賞金はだね、すべてきみのものになるんだよ」

ジョニーはしばし、ぽかんとしていたが、やがて声をあげた。「つまり、ユリシーズがレースに出るのにいくらかかってもあんたが金を出して、それでもし勝ったら、賞金はおれの懐に入るのか？」

「そのとおり。シブリーは、きみがユリシーズをできるだけ多くのレースに出してくれることを願ったんだと思うね」

「しかも、出走料と騎手への報酬はあんた持ちだね？」

「そうだ」

「ちょっと待った」サムが言った。「これまでユリシーズは何勝してるんだ？」

ウィルバーが咳払いをして言った。「ええっと、彼はまだたった三歳で、初戦は去年の夏だったもんだから……」

「で、これまで何回走ったんだ？」サムの質問に続いて、ジョニーがすぱっと尋ねた。

「さあて、二十二か二十三か。ひょっとして二十五かな」

「で、これまでに何勝したんだ？」

ウィルバーが顔をしかめて言った。「四か月ほど前のハヴァードグレイス競馬場で、三着に入った」

「で、それだけか」

「さっきも言ったが、ユリシーズはまだ、いい乗り手に恵まれなくて……」

ジョニーはクリーガー判事のほうに向き直った。「おれが断ったら、誰が金を受け取るんだ？」

「なんの金かね？　費用は全部、わたしが払うのだし……」

「それはもういい、ユリシーズのことだよ。おれがここから出ていったら、誰がユリシーズを管理する？」

「そうだな、残念だが、そのときはわたしが……」

「残念なのか？」

クリーガー判事が顔をしかめた。「申しわけないが、わたしはきみの態度にいらついてきているんだ」

「気にするな。おれが、やるよ」

「おい！」サムが抗議した。「できっこない……」

「黙れ、サム。おれは引き受けるよ、判事」

「請求書はすべて、わたしに送るようにしてくれるんだね？」

「もちろんだ。それならこっちも、帳簿をつける手間がはぶけるってもんだろ？」

クリーガー判事がうなずいた。「たいへんけっこう。明朝十時にわたしのオフィスに足を運んでもらえるかね、サインしてもらいたい書類をそろえておこう。ところで、この遺言状にはもう一つ条件が付いていてね、もしユリシーズが早死にした場合、その原因が……」

「おいおい、判事！　おれがたかだか数十万ドルを手に入れるために、ユリシーズに毒を盛るとでも思ってんのかい？」

「わたしはただ、指摘しておこうと思っただけだよ。獣医が定期的に検査をすることになるし……」

クリーガー判事がかすかに笑みを浮かべた。「まあ、お察し願いたいね」

「もちろんさ」ジョニーは言った。「つまり、まとめるとこういうことだな。この契約で唯一おれが儲ける方法といえば、ユリシーズをレースに出すこと。やつが稼いでくれた金はおれのものになる」

「だいたいそんなことだよ、ミスター・フレッチャー。もちろん遺産はきみのものになる、いずれユリシーズが天寿をまっとうしたらね……」

「そうだな」ジョニーは言った。「だが、彼はまだ子どもも同然。ひょっとして二十五年、いや三十年は大丈夫だ。もちろん、おれが余計なことを考えるわけがないだろ。何しろ、おれは馬好きなんだし……」

第三章

ブリット巡査部長がノックなしでリビングに入ってきた。「外の捜査はまもなく終わりそうだ。ご婦人がひとり、こちらにおいでで……」

「ご婦人?」ジョニーが問い返した。「ひょっとして、そのご婦人とやらは、何かに腹を立てているような感じかい?」

「泣きわめいていて……」

「泣きわめいてなんかいないわよ」ヘレン・ローサーが声をあげながら、部屋に入ってきた。だが、その顔は涙で濡れていたうえに、いまもなお、泣くまいと歯を食いしばってさえいたのだ。ブリット巡査部長は慌てて後ずさりしながら、リビングを出ていった。

「ミス・ローサー」ジョニーが声をかけた。「こちら、クリーガー判事だ」

クリーガー判事が会釈した。「ミスター・シブリーのご友人かな?」

「違います」ヘレンが返した。「会ったのは今日が初めてでしたけど……わたしの伯父には」

クリーガー判事がジョニーよりも先に、彼女の言葉に反応した。「ジョーに、生きている親類がいたとは知らなかった。これは驚いたな!」

ジョニーが判事を胡散臭そうに見た。「なあ、これってつまり、あれかい……?」

判事は大判のハンカチを慌てて取り出し、鼻をかんだ。やることがいちいち大げさな男だ。「いや、もちろん、まったく影響はない。遺言状は厳密なものだ。何しろ、作成したのはわたしだからね。ただし……」彼は立て続けに咳払いをした、三回も。「ミス……ミス、ええと、そうそう、ミス・ローサー、ミスター・シブリーはその、つまり彼は、きみが姪だということは知ってたのかい？」

「今日初めて、お伝えしました」

「そりゃ、妙だな」ジョニーが言った。

女はジョニーをきっとにらんだ。「何が妙なのよ？」

「別に。ただ……」

「あんたにとっては、何だって妙なんでしょうよ、ミスター・フレッチャー？　今日の午後、競馬場の外であんたがやってたことなんて、それこそ妙だったわ。そういえば……」彼女はあたりを見回した。制服姿のブリット巡査部長がいないか確かめたのだ、たぶん。

ジョニーは言った。「警官に訴えても無駄だよ。ここはナッソー郡だ。隣りのクイーンズ区で起こったことは管轄外、あっちはニューヨーク市の一部だからな」彼はクリーガー判事の当惑した顔を見て、にやりと笑った。「ミス・ローサーは、些細な交通上のトラブルについて話しているんだよ。彼女がおれの車に衝突したみたいでね……」

「よくもまあ……！」ヘレン・ローサーが憤然と切り出した。

ジョニーはたしなめるように、人差し指を振った。「ミス・ローサー、あんたの伯父さんの話だが……」

それを聞くなり、彼女はバケツ一杯の水を浴びせられたみたいな表情になった。はっとして、後ずさって声をあげた。「あんた、いったい何者なの？」

ジョニーはその問いかけに返事をしなかったが、考え込むような顔つきになった。ハンカチで鼻をおさえたクリーガー判事がジョニーに近寄り、内緒話とは思えないほどの大声で言った。「明日十時だ、ミスター・フレッチャー。わたしのオフィスで会おう」

ジョニーはうなずき、ヘレン・ローサーに声をかけた。「お気の毒だったな、ミス・ローサー」

彼女は大きく息を吸い込むと、見下すような視線を返し、いきなり背を向けて戸口に向かった。クリーガーはといえば、とっくに戸口のほうに向かっていたが、ジョニーにさらに何か言おうとしたのか立ち止まった。だが、大きな肩をすくめただけで、そのまま部屋から出ていった。

そのとたん、ウィルバー・ガンツがぱっと前に出てきた。「なあ、信じちゃだめだぞ。あんなやつの言うことなんか」

「何をだい？」

「何もかもだ！　ジョーも、あの判事も、あの若い女もだ。なんかたくらんでんだよ、うん。あの女がジョーの姪のわけがねえし、判事だってペテン師だ。それにボスは、ユリシーズに殺されてなんかいねえぞ」

「どうしてそう思うんだい？」

ウィルバーが鼻息荒く言った。「おれが、ここにいなかったとでも？」

「見たのか？」

「はっきり見たわけじゃねえ。だがおれはユリシーズのことがわかるんだよ、な」

「〝な〟って言われてもなあ。最初から話してくれ……」

「最初からもなんもないぜ。おれはユリシーズを競馬場から連れて帰った、な。そしたらボスが、あの鼠野郎と一緒にここにいた」

「ウィルバー、鼠なんてたくさんいる。名前を言えよ……」

「名前なんて知るか。だけど、やつに会ったことはある。昨日もここにいた」

「どんなやつだった？」

「男みたいだった、な。うすぎたない鼠野郎だ」

「尻尾があったのか？」

「はあ？　ああ、そうか。あんたが知りたいのは、やつの人相だな。わかった。背格好はあんたくらいで……」

「身長は五フィート十一で体重は百七十ポンド、それに、そうか、ハンサムだったんだな」と言って、ジョニーはにやりと笑った。

「とは言いきれねえな。もしかしたら、背丈は数インチ低かったかもしれねえ。それに、体重ももうちょっとあったか。うーん、いや違うか。けどよ、もう一度会えばすぐわかるぜ。名前は、ネッドだかテッドだか、そんなんじゃないかな」

「ひょっとしてエドか？」

「いや、それはちょっと違うな。もちろん、ボスはおれに紹介してくれなかったから」

「してくれたってよかったのにな」

ウィルバーは肩をすくめた。「ボスとおれは仲間だ、な。ボスとのつきあいは、もうずいぶんに――」

「どれくらいだ？」

「八年から十年ってとこか。おれたちは仲間だった、な。おれはずっとここで働いてきたし、口喧嘩なんかしたこともなかった。おれたちは――」

「仲間だった！　頼むから、その先を続けろ、ウィルバー」

「あいよ。おれたちは――わかった、わかった。おれはただ、ボスが洒落た人だったってことをちゃんと言っときたかっただけだ。もちろん、ボスにお客があればおれは出しゃばったりしない。だから、その鼠野郎が来ると、ボスは厩舎に連れて行って……」

「昨日のことか？」

「いや、今日だよ。やつが昨日屋敷に来たときは、ジョーは追っ払っていた。今日、おれがユリシーズを連れて帰ったときには、二人はここにいて、おれに知られちゃまずいことでもあったんだろう。おれは、湿布用のリニメント剤を買いに山の手までやらされた。ありゃ、ボスの言い訳だよ、な。ボスはあの野郎と決着をつけたいことがあったんだ。だが、おれが戻ったときには……」

「すでに」ジョニーが言った。「ジョーは死んでいた。そして、エドだかネッドだかテッドだかは、姿をくらました」

「そう、それが言いたかったんだ」

「ブリット巡査部長には話したのか？」

「あのおまわりに？　とんでもねえ。おれは、本当は何があったか教えてやろうとしたんだが、やつの頭があまりに鈍くてよ。おまわりなんて、みんな似たりよったりだ。現場を見ればすべてわかるとさ。ジョーは馬房にいて、ユリシーズの蹄鉄に血が付いていた、だから馬に殺されたとみるのが自然、だとさ。おまわりなんて、そんなもんだ」

「警官が嫌いなんだな、ウィルバー？」

ウィルバーは顔をしかめて、しわがれた声を出した。「おまわりっていうのはそんなもん、と思ってるだけさ」

「わかったよ、ウィルバー。じゃあ、クリーガー判事がいかさまだっていうのはどういうわけか、教えてくれ」

「あんた、やつを見ただろ？　頭が堅くて、もったいぶった大男だ。あいつがボスにあんなまやかしの遺言状をつくらせたのさ。ジョーはいつだって言ってたよ、おまえのことは気にかけているってね」

「おまえさんはよくしてもらってたのか、ウィルバー？」

「もちろんだ！」ウィルバーは言った。「おまけに、あんたにだって、よくしてくれただろ」

「ジョーにはなんの貸しもなかったんだが」

「あんたは、ボスの命を救ってくれただろ？」

ジョニーはサムに目をやった。「おれたちが五十丁目とブロードウェイの交差点にある地下鉄駅にいたときで、二、三週間前のことだったよな。ちょうど五時頃で、プラットホームは人であふれていた。列車が入線する間際になって、人が押し合いへし合いしだした。直後にジョーは、プラットホームから押し出されてしまったんだ」

「で、あんたがホームから飛び下りて、助けてくれた。ジョーはおれに、そのことをすっかり話してくれたぜ」

ジョー・シブリーはそう信じていたのか。ジョニーは、自分でもその件で頭をひねることがときどきあった。自分は本当にプラットホームから飛び下りたのだろうか、ひょっとして自分も人込みに押し出されてしまったんじゃなかったのか。自分の命が危険にさらされた瞬間、目の前に同じ境遇の人間を見つけてしまった。それで、とっさに体が動いて、我が身と一緒にシブリーのことも助けたんじゃなかったのか──ジョニー・フレッチャーの記憶の中では、これがすべてだった。

彼はウィルバーにうなずいた。「あの女のことは、どうなんだ?」

「ジョーに親類がいるなんて、まるで聞いたことがなかったぜ。おれに言わせれば、ボスが殺られちまった直後にしゃしゃり出てくるなんざ、とんでもなくけったいだね」

「彼女は、今日の午後早くに競馬場にいたぞ」

「おれは見てねえ」

「おれは見たんだよ、ウィルバー。しかも、彼女はジョーと話をしていた、ユリシーズがレースに負けた直後にだ。ところで、さっきおまえさんが話していた、騎手を金で取り込むウィリー・ピペットっていうのは何者なんだい?」

「ウィリー・ピペットを知らないのか?」

「おれはここじゃ、よそ者だからな」

「だな。けど、あんたはニューヨークにいるんだろ。ピペットといったら勝負事の世界で最大のいかさま師だぜ」

「どんなふうにだ? 八百長レースでもやるのか?」

「やつは、いくつかの競馬場から出禁を食らっている。この界隈では最大の私設馬券屋だぜ」

「どうして馬券屋ができるんだ？　ジャマイカ競馬場での馬券はパリミーチュエル方式で販売されるんだろう？」

「ああ、もちろん。そのうえで、前よりも大儲けしているときた」

「どうしてそんなことが可能なんだ、なあ、ウィルバー？　競馬場でやつに賭け元をやらせるわけがないだろう？」

「まあ、建て前で言えば、そうだろうな。それでもやつは馬券屋なのさ。おれの言うことは信じといたほうがいいぜ」

「信じるよ、さしあたりはな。だがどうしてもおれには信じられ――」

ブリット巡査部長が、部屋の戸口から首を突っ込んできた。「ちょっと失礼、こっちはそろそろ撤収するよ」

「ありがとう、巡査部長」

ブリット巡査部長の頭が引っ込むと、ジョニーはサムのほうを向いた。「サム、いま何時だ？」

「おれにどうしてわかる？　おれの腕時計がいまどこにあるか、知ってるよな」

「ああ、そうだった。ウィルバー、何時かわかるか？」

ウィルバーが安時計を引っぱり出した。「ほぼ六時半だな。おれ、仕事が残ってんだよ」

彼が部屋を出ていくと、これまでの一連の出来事のせいで、さっきからずっと何食わぬ顔で無愛想を決め込んでいたサムが、とうとう感情を爆発させた。

「ジョニー、おれとあんたは、これまでだって、かなりややこしい事態に巻き込まれたことはあったけどな、これ以上のことはなかったよ。こんなところからは、さっさと出ていこうぜ」

「おまえ、二十万ドルを見捨てるってことか？」

「どんな二十万ドルだか、わかってるよな？」

ジョニーは顔をしかめた。「金は間違いなく向こう側にあるんだ、それを利用するなんらかの手が、きっとあるはずだ」

「あんな判事に、ずっと監視されるんだろ？　忘れろよ、ジョニー。それにだよ、あんな骨と蹄（ひづめ）の塊みたいなのを走らせて、稼げると思っているんだったら、それも忘れるこった。あいつの今日の走りを見ただろう？　あれで〝走っている〟と言えればだけどな。おれのほうがだんぜん速く走れるぜ」

「しかも、騎手を乗せてもか？」

サムがにらみつけた。「わかった。じゃあ、あんたがなんでいらついてんのか教えてやるよ。おれがわかってないとでも、思ってんだろう。おれはわかってんだよ、あのボクサー崩れみたいなやつに、あれこれ質問しだしたときからね。あんたはまた、探偵ごっこがしたくなったんだよ」

「誰が？　おれがか？」

「そう、あんたが」

ジョニーは口をすぼめた。「たしかに、ちょっとは面白くなりそうだっていうのはあるさ。数週間前にさかのぼってみろよ。おれは、ジョーが地下鉄のプラットホームから落ちたのが偶然だったのかどうか考えている……」

サムがうなった。「ほら、また始まった！」

ジョニーが頭を振って、部屋の中を見回した。その部屋はリビングにしては小さいほうだとはいえ、趣味のよいしつらえで、いくつかあるサイドテーブルには小さな敷物（ドイリー）までかけてあった。ジョニーは暖炉に近寄った。

膝をついて、暖炉に残る灰をつつきだした。

「そんなところで何を見つけようっていうんだ、ジョニー?」サムがいらいらしながら尋ねた。

「さあな。だが、誰かが紙を燃やしていたようだ……お!」

ジョニーは指先で灰を払いよけると、焼け残った小さな紙片をつまみあげた。そっと息を吹きかけ顔を近づけてみれば、それは、ほんの数インチだけ残った紙の切れ端だった。

「ニューヨーク市のジョルダンビル」彼は読みあげた。「読めるのはこれだけだ」

「名前はないのか?」

「焼けちまったようだ。封筒の一部だな。くそっ、あともう少し残っていればなあ!」

ジョニーはさらに灰をつついてみたが、とうとう立ち上がって膝を払うと、残念そうにため息をついた。「もうここからは何も出てこないな」

あらためてリビングを見回してから、隣接するキッチンに入った。片隅に朝食をとるためのスペースがある。引出しをいくつか開けたり、食器棚の中をのぞき込んだりしたあとは、小さな寝室に移動した。そこにはシングルベッドと椅子が二脚、それに整理ダンスがある。タンスの上には、きわどいアート雑誌が二冊ばかり。

「ウィルバーの部屋だな」ジョニーがつぶやいた。

「あいつは、家事までやらされてたのかな?」

ジョニーはうなずいて言った。「ウィルバーはジョーの身の回りの世話係だった。それと同時に、ユリシーズの厩務員でもあり従者でもあったわけだ。こっちがきっとジョー・シブリーの部屋だな」

彼は隣りにある寝室に足を踏み入れた。そこはウィルバーの部屋の倍以上の広さがあり、家具もじゅうぶんにそろっている。もっとも、リビングと同じくらい心配りが行き届いた、男らしさがほとんどない部屋で、ベッドシーツはシルクだった。

ジョニーはオーク材の机に直行すると、引出しを次々と開けていった。どの引出しにも、ノートやペン、インクなどの文房具がぎっしり入っているのに、シブリー個人を示すものは何も入っていなかった。文房具の中には〝JS〟の二文字を図案化したモノグラムがついていたが、他の紙類には〈シブリー・ステーブル〉とだけ記されていた。

「一軒の納屋と一頭の馬だけとはね」サムが辛辣な意見を言った。「なんだかなあ！　彼ほどの金持ちでも、買ったのは小さな家ときた」

「彼にとっては、じゅうぶんに大きいのさ」ジョニーが言った。「ジョーは贅沢ができない人間だった。本人から聞いた話じゃ、十年くらい前まではずっと無一文で、オクラホマにあったかつての農場の下から石油が出ても、一部屋しかない掘っ立て小屋に住んでいて、水道といっても、雨が降ったときに屋根から流れ落ちる雨水を使っていたそうだ。さてと、行くか」

「どこへ？」

「帰るんだよ」

「ここに泊まるんじゃないのか？」

「それは次の機会にする。状況があともう少しわかるまでは、地面にあんまり近くない寝床で寝るとしよう」

二人が裏庭に行くと、ウィルバー・ガンツが厩舎から出てくるところだった。

「こんな夜だが、ユリシーズは中に入れたのか、ウィルバー？」ジョニーが尋ねた。

ウィルバーの顔に、悩ましげな表情が浮かんだ。「ああ。あのかわいそうなやつは、子猫みたいに神経質なもんでね。馬ってやつは、血のにおいを嫌うんだ。だからこそおれは、ユリシーズはやってないと――」

「わかった、わかった」ジョニーが慌てて言った。「いいか、ウィルバー。おれたちは今夜、町まで急いで戻らなくちゃならない。でも、朝一番に出てくるよ。おまえさんひとりでも、うまくやっていけるかい？」

「おれは、いつだってやってるさ」

「すばらしい。ただなあ、ほら、おれは今日の午後、少しばっかり不幸な目に遭っただろ？　ユリシーズに入れ込みすぎたせいで、いまや町へ戻るバス代すら事欠く始末だ。明日までおれにそっと手渡せる一ドルなんて持ってないかい？」

「たったの一ドル？　お安いご用だ」ウィルバーが、ポケットに手を突っ込んで札束を引っぱり出したので、ジョニーは目をむいた。「ほんとに、一ドルでいいんすか？」

「ああ、そうだな、おまえさんがそんなに懐があったかいのなら……十ドル札一枚だとありがたい」

ウィルバーが十ドル札を抜き取った札束が、何十ドル分もある厚さだとジョニーは気づいた。「助かるよ、ウィルバー。じゃあ、また明日」

「あんた、ステーションワゴンでバス停まで送ってもらいたいかい？」

「ステーションワゴンがあるのか？」

「そりゃ、そうさ。ユリシーズを競馬場まで運搬するのに使う馬運車だってある」

「なんだって！」ジョニーは声をあげた。「じゃあ、おれがステーションワゴンを借りて、町まで運転していってもいいのか？」

ウィルバーは一瞬、どうしたものかという表情を浮かべはしたが、肩をすくめて言った。「あの判事の話じゃ、これからはあんたがボスってことだよな？　実を言えば、ステーションワゴンだってユリシーズのものなんだが……」

「しかも、おれはユリシーズの後見人だぞ。さあ、ステーションワゴンを出してくれよ、ウィルバー！」

数分後、ジョニーはステーションワゴンで舗装された道路に乗り入れていた。車を直進させながら、彼はくっくっと笑い出した。「こいつは何から何まで、思った以上に面白くなってきたぞ」

「どういうことだい？」サムが尋ねた。

「このステーションワゴンだよ。ガソリン代は誰が払う？」

「あんただよ」

「どうしてそうなる？　おれがこの車を運転するのが、ユリシーズのためになるかどうかを誰が尋ねるんだ？」

「判事だろ」

「けど判事が住んでいるのは、グレートネックの奥のほうだ」

サムは暗澹たる気分で頭を振った。

第四章

ジョニー・フレッチャーは〈四十五丁目ホテル〉の前にステーションワゴンを停めて、歩道に降り立った。支配人のミスター・ピーボディが、ホテルの玄関前でドアマンに指示を出しているところだ。支配人はジョニーとサムがステーションワゴンから降りてくるのを見て、驚きの声をあげながら近寄ってきた。

「やあ、これをガレージに回しといてくれたまえ」ジョニーがそっくり返って言った。

「それ、どこで手に入れたんです?」ミスター・ピーボディが声を張りあげた。

「なんだって?」ジョニーが眉をアーチ状に曲げながら、問いかけた。「あんたの持ち物をどこで手に入れたかなんて、いちいちおれが訊くか?」

ミスター・ピーボディは、うろたえて目をぱちくりさせた。「ですが、どうやったら、あんな骨董品みたいな車を下取りしてもらって、こんな車が手に入るんです?」

「人は古い車を下取りに出し、新たな車を手に入れるものなんじゃないのか?」

「わたしが言いたいことは、おわかりのはず」

「さあ、どうだかねえ。あんた、おれが車を壊したとでも暗に思っているのだったら……チッチッ!おれは競馬に行ったのさ」

ミスター・ピーボディは手のひらで自分のひたいを叩いた。「フレッチャー！　あなた、なんて幸運なんでしょ！」

「ミスター・ピーボディ、おれはまっとうに生きているもんでね。あんたもまっとうに生きていたら、運がつくはずだよ」

「期日ごとに部屋代をきちんと払っていただけたら、もっとまっとうに生きられますよ」ピーボディがぴしゃりと言った。

「そりゃ、ずいぶんと浅ましい客がいるよな」ジョニーが言った。「ま、おれには知ったこっちゃないね。おれの払いは明後日のはずだからな。おれは安宿に滞在中は、必ず前払いだし……」

ミスター・ピーボディはしかめ面をして、小走りでホテルの中にひっこんだ。ジョニーとサムはそのあとから、いっそうゆっくりした足取りでホテルに入っていった。二人は八階まで上がって、八二一号室に入った。

「八時三十分か」ジョニーが明るい声で言った。「顔や手を洗って、ちょっとしたディナーをとって、それから――どうする、サム？」

「たっぷり寝るぜ」サムがうなるように言った。

「よしわかった、おまえがそうしたいんならな。だがな、サム、このところおれたちは睡眠はたっぷりとってきた、だから今夜は歓楽街へ繰り出してもいいんじゃないかな。面白い映画とかでも……」

「パラマウント映画にドロシー・ラムーアが出てるよ」

「なんと、彼女が？　そりゃいい！」

九時三十分をまわったところで、二人はオートマット（自動販売式のカフェテリア）から出てきた。サムはそのまま四十二丁目を目指して南に向かったが、ジョニーは四十六丁目の角にある、新聞売り場で立ち止まった。

「あんちゃん、今夜はどこでひと勝負できるんだい？」彼は尋ねた。

「なんの勝負だ？」新聞売りが問い返した。

「ウィリーのだよ」

「知るか、そんなの！」

ジョニーはうなずき、通りを渡った。サムが慌てて後を追った。「おれたち、ドロシー・ラムーアを見に行くんだったよな？」

「そうだ。だが、その映画はもう始まっていて、おれは途中から見るのがいやなんだ。最終回までには時間がたっぷりあるぞ」

「あんたが尋ねていた勝負って、なんのことだい？」

「ああ、小耳にはさんだ、ちょっとした勝負のことさ。どうやらスタッドポーカーを人知れずやっているらしいんだ。三十分ばかし冷やかせばいいだろう」

「けどよ、ジョニー、おれたちには九ドルしかないんだぞ」

「ひと勝負二十五セントだそうだ」

二人は通りを渡り、七番街で南に折れた。そこにいた別の新聞売りに、ウィリー・ピペットの勝負がどこでできるかと、ジョニーはさっきと同じ質問をぶつけた。

「なんでおれに聞く？」新聞屋が問い返す。「おれが口利きでもしてるっていうのか？」

「ひょっとして、そうかなと」

「ふうん。ところが、やってないんだ。モクシーに尋ねなよ」

「夜のこの時間に、どこに行けばそいつに会えるんだ？」

「いつも見かける場所といえば、バスコムだな」

「ありがとよ、あんちゃん」

二人は通りを渡りなおしてバスコムホテルへ向かった。そこでジョニーは、ドアマンに近寄り声をかけた。「モクシーはどこにいる？」

ドアマンは警告するように唇に指をあてて言った。「もちろん、ロビーですよ」

二人はホテルに入ると、ベルボーイに近づいた。「モクシーは？」

「フロントにいますよ」

ジョニーがフロントのほうに目をやると、制服姿の男が二人立っていた。「どっちだい？」

「ボーイ長のほうです」

ゆっくりとロビーを横切るジョニーの姿に、ボーイ長が気づいた。ジョニーにウィンクされて、モクシーは近寄った。「いらっしゃいませ」

「今夜はどこで勝負をやっているんだい、モクシー？」

ボーイ長はジョニーをしげしげと見てから、その視線をゆっくりとサムに移していく。そして、かすかに首を振って言った。「なんの勝負でしょう？」

「ウィリーのだよ。ほかにもあるのか？」

「ウィリーとは？」

「よせやい、モクシー。ウィリー・ピペットだろ」

モクシーは短く笑って言った。「ウィリー・ピペットとはどちらさんでしょう?」

ジョニーはうんざりして、冷ややかに言った。「おれが、デカに見えるかい?」

「もっとひどいデカに会ったことがありますからねえ。あなたのお連れが、いい例ですよ」

「サムの見てくれはしょうがない」ジョニーは言い返した。「おれはジョニー・フレッチャー、本のセールスマンさ。そうだ、〈四十五丁目ホテル〉にいるエディー・ミラーのことなら知ってるんじゃないのか」

「知ってます」モクシーは言った。「ペテン師です」

「けっこう。で、今夜の勝負はどこでやっている? おれは札束を持ってるんで、ちょっとばかり参加させてもらいたいのさ」

「そういうことでしたか」モクシーが声をあげた。「わたしが賭博の客引きをしていると思われたのですね。ハッハッ! こりゃ面白い。客引きですって? わたしが? 誰にガセねたをつかまされたんですか、おまわりさん」

「おれはジョー・シブリーの友だちだ」ジョニーは、奥の手を使って言った。

ジョー・シブリーの名は効果てきめんだった。潔白さをよそおったモクシーの額に、かすかにしわが寄ったのだ。「ほお? でしたらウィリーと連絡をつける方法はご存じのはず」

「ところが知らないんだ。おれはこの町の者じゃないんでね。ジョーとは今日の午後、ジャマイカ競馬場で会って――」

「彼の馬の名前は?」

「ユリシーズだ。ビリッケツだったよ」

「わたしから電話番号を教えたところで」モクシーが言った。「そんなことはなんの証拠にもなりません。いい花屋をお知りになりたいというので教えてさしあげただけと言えばいいんですからね。ひょっとしたらあなたが勘違いして、かけ間違うかもしれませんしね」

「そのとおり。誰だって間違いはおかす。で、何番だい?」

「マンハッタンの三六四四。もし女が出たら切ること」

ジョニーはモクシーに二十五セントを渡した。ボーイ長は硬貨に目をやり、むくれた顔になった。

「我ながら、おめでたすぎて涙が出そうだ」

ジョニーは彼の文句が聞こえなかったふりをした。電話ボックスを目指して歩き出すと、サムがすぐうしろをついてくる。

「ちょっとした勝負だと言ったよな」サムがうなった。「ウィリー・ピペットの勝負かよ」

「まだそこまでたどりついてない」

ジョニーは電話ボックスに飛び込み、サムの目の前でドアを閉めた。五セント硬貨を投入し、マンハッタン三六四四に電話をかけた。

つっけんどんな声が出た。「もしもし」

「今夜のウィリーの勝負はどこだい?」ジョニーは尋ねた。

「どちらにおかけで?」

「モクシーに聞いた番号だ」

「おお」つっけんどんな声が「レイクホテルの四一四号室だ」と告げて、電話は切れた。

ジョニーは電話ボックスから勢いよく出てきた。「レイクホテルだ」サムに伝えた。

サムが不平を鳴らした。「おれは、この手の裏に通じた場所は気に入らねえよ。無法者たちのたまり場だぞ」

ジョニーはにやりとした。「おまえ、いつから無法者たちをこわがるようになったんだ?」

「こわがっちゃいないよ。あいつらがポケットにやばいものを持ってないときならな。でも、こういう連中はいつも持っているんだ」

「おまえは映画の見すぎだよ、サム」ジョニーは言った。

レイクホテルは、八番街近くの横丁にあった。それなりのホテルとして知られていて、地方の出版物に大量の広告を打ち、旅行業者からはけっこう重宝されていた。ただし、それぞれの客室で何が行われているかまで、経営者側は責任をもっていないのだった。

ジョニーとサムはエレベーターで四階に上がり、四一四号室を探しあてた。ジョニーがドアを軽く叩くと、十九か二十歳くらいのニキビ面の若者が、ドアを少しだけ開けた。

「モクシーに教わったんだ」ジョニーは明るく声をかけた。

ドアがすっかり開いて、小さな部屋が現れた。そこにはニキビ面の若者しかいない。若者が右手にあるドアのほうにうなずいてみせた。ジョニーがドアノブに手をかけると、低くくぐもった声が聞こえてきた。彼は静かに息を吸って、ドアを開けた。

部屋の中は煙草の煙でもうもうとしていたが、ジョニーの目には、その煙の中で半ダースの男たちがテーブルを囲んでいるのが見えた。彼ら全員の視線がジョニーとサムに向けられた。

「誰だ?」がっしりした体つきの男が、吠えるように尋ねた。

「モクシーに教わった」

「名前は？」

「ジョニー・フレッチャーだ。こっちはサム・クラッグ」

がっしりした男は短くなった葉巻をくわえると、ジョニーとサムをしげしげと見ていた。そしておもむろに叫んだ。「ベン！」と。

ニキビ面の若者がジョニーの背後から現れた。「なんでしょう、ウィリー？」

「モクシーに電話しろ。カモを二人寄こしたのはおまえさんか、と訊くんだ」

「誰がカモだと？」サムがうなった。

ウィリーと呼ばれた男が、肉厚の手を振りまわした。その手には指輪が二つはまっていた。「黙れよ、あんちゃん」

ジョニーがテーブルに近寄った。参加者たちはチップを使っているが、ベッドの上の、ウィリー・ピペットのすぐ手が届くところに、葉巻入れ専用の箱があった。

「スタッドポーカーだね？」ジョニーが愛想よく声をかけた。「おれの大好物だ」

ピペットはジョニーを無視して言った。「レフティ、おまえが親だ」

細身で浅黒い男がカードを集めて、器用にシャッフルしはじめたので、ジョニーは目をみはった。まとめたカードを男が分けようとしたところに、見張り番のベンが戻ってきた。「この二人はジョー・シブリーの仲間だそうです」

ピペットが突然声を張りあげた。「ジョー・シブリー……！」

「そうだよ」ジョニーがあっさり言った。「ジョーにはとんだことだった。もっとも、おれにとってはそれほどでもないんだ。おれはジョーの相続人でね」

ピペットの容赦ない視線がジョニーの顔にじっと注がれた。「ジョーに親類はいなかったはずだ」

「ジョーが地下鉄のホームから転げ落ちた話は、聞いているかい？」ジョニーが尋ねた。「二、三週間前のことだ。おれが彼を引っぱり上げたんだよ。それで……」

ピペットが納得したかのようにうなずいてみせた。「よくわかった、座ってくれ。エイブ、八人は多すぎる」

参加者のひとりが即座に椅子から立ち上がった。ジョニーがその椅子に座ると、辞退した男のほうは、サムに別の椅子を勧めた。

ジョニーはテーブルの上で両手を組んだ。「さてと、何をどう賭けてるんだ？」

「チップの点数は白が五、赤が十、青が二十五。最初はここからだ」ピペットはそう言って、白、赤、青のチップをそれぞれ十枚ずつ積み上げると、テーブルをはさんで向かいに座ったジョニーに押しやり、それからサムにも、各色同数のチップを積み上げてやってから言った。

「レフティ、おまえが配れ（ディール）」

レフティは無言のままカードを配り出した。プレイヤーそれぞれに一枚目は伏せて、二枚目は表に向けて。ジョニーはホールカード（伏せた札）の端を手で隠すようにしてめくってみた。四だった。

「キングが高位だ（ノーペアの場合、キングの札を最高位とする）」ピペットが言った。「始めは五点からだ」彼が白のチップをテーブルの中央に放った。

次はサムの番で、白のチップを一枚置いた。続く二人のプレイヤーも前の二人にならった。お次がジョニーの番。表に向いたカードはハートの八で、ジョニーはチップの白一枚、赤一枚を手に取り前に押し出した。「十、レイズ（点数を加算する）だ」

　ジョニーに続くプレイヤー二人が、とたんにカードを伏せてしまった。それを見たピペットが息巻いた。「それでもギャンブラーかよ！」彼はぶつぶつ言いながら、ホールカードをまたも見た。そして赤一枚、青一枚を放った。「さらに二十五だ」

　ピペットのすぐ隣りの男は札を伏せたが、さらに隣りの、サムの右手に座る男は表向きの札がクイーンで、チップを置いた。サムは表に向いたのが二で、ずいぶん大げさにホールカードをのぞき込んでは、しばらくチップをもてあそんでいたが、赤と青を一枚ずつ放った。

　ピペットが葉巻の燃えさしを嚙みしめて、ジョニーに向かって冷ややかに笑みを浮かべた。「さあ、あんたの番だ。レイズするかい？」

「もちろんだ」ジョニーはそう言って、青のチップを三枚放り投げた。

　するとピペットから不服そうな声がもれたものの、レイズされたぶんの青二枚を置いた。クイーンを持つ男は顔をしかめたが、勝負に残った。サムがコール（札を配るよう求めること）して、レフティはさらに一枚ずつ配った。

　ウィリー・ピペットにはエースが来て、葉巻はもはや一インチしか残っていない。次の男に二が来ると、吐き捨てるようなうめき声をあげた。サムにはキングが来て、ジョニーにはハートの五が来た。

「ここは、チェックしとくべきだろうが」ピペットが口を開いた。「それはおれの主義に反する。なぜなら、最高の札が来ているからだ。青を三枚」

　クイーンの次に二をもらった男が、またもや悪態をついたものの、なんとか踏みとどまった。サムが自分のチップをはじきとばすように放ると、ジョニーも続いた。「次だ、みんな。次をくれ」

レフティはピペットに十を、次の男にはクイーンを、サムには七を、そしてジョニーにはハートの四を配った。

「あんた、ぜんぶハートだな」ピペットが考え込むように言った。「四から八まである」

「次は黒が来たっていいぜ」ジョニーが機嫌よく返した。

「ああ、だが次はきっと、おれのほうに来る。ってことで、あんたには青を四枚出してもらうぞ」

今度はクイーンのワンペアを持つ男が、力強さを見せた。「青四枚に上げるぜ」

「クイーン三枚持ちかよ」サム・クラッグがうなった。「二のワンペアじゃあ勝てっこない」そう言ってカードを伏せた。

「おれの手元に青のチップは四枚だけだ」ジョニーが言った。「けど、赤と白を足せばいいな」と言って、赤のチップに白二枚を積んだ山をぐらぐらさせながら、前に押し出した。

「コールするのか？」ピペットが尋ねた。

「敵はクイーン三枚持ちか？」

ピペットがうなずいた。「ハッピーって男は、札がそろわない限り決して賭けない。だがおれは大枚を投じたから、最後まで踏んばる」そう言って彼は、青のチップを四枚押し出した。

レフティが最後のカードを配りはじめ、ピペットの手許にキングが行くと、葉巻の吸いさしから煙がふっと噴き出すのをジョニーは見た。

この段階でウィリー・ピペットにはエースのワンペアがあることがわかっている。彼が最初からずっと強気で賭けてきたことを思えば、ホールカードはキングかエースに違いない。もしエースだったなら、彼はエースのスリーカードとなり、もしキングなら、エースとキングのツーペアを持っていることになり……クイーンのスリーカードかもしれないハッピーを打ち負かすほどの強い手とは言えないぞ。

　そのハッピーに三の札が行き、彼から失望の声がもれた。そして、テーブルの向こうにいるジョニーのところにカードが放られた。クラブの六。ストレートフラッシュの可能性は打ち砕かれたが、まだストレートになる可能性が残っていた。とはいえ、残る二人もストレート狙いかもしれない。ジョニーは、自分には四のワンペアしかないのがわかっていた。対戦相手たちがエースやクイーンを持っているというのに。

「さあ、ベットしてくれよ、みんな」機嫌よさそうに彼は言った。

　ウィリー・ピペットがくわえていた葉巻を反対側の口角に転がして言った。「言いたいことはただ一つ……青を五枚だ！」

　ハッピーの喉から悲痛な声がしぼり出た。「スリーエースかよ！」彼はカードを伏せてしまった。

　ジョニーが声をあげて笑った。「競り合いだな。さらにチップをくれないか、ウィリー？」

「何枚だ？」

「五ドル分だ」

「はあ？」

　ジョニーの全身に突然、冷ややかな震えが走った。また笑ったが、今度はうつろな笑い声だった。サムと目を合わせないようにして彼は言った。「もちろん……五百ドル分だ」

　ピペットが声に出してチップを数えはじめた。途中でジョニーのほうをちらっと見ながら。ジョニーといえば、にこにこ愛想よくしていた。

ピペットが青のチップを二十枚、反対側に押し出した。「で……？」

ジョニーはそれらを全部、ポットに押し込んだ。「これにてポーカーはおしまい、な、ウィリー！」

ピペットがカードを伏せた。「あんたの勝ちだ、ミスター・フレッチャー」

ジョニーはポットにあるチップを掻き集めにかかった。しばらくのあいだテーブルばかり見ていたが、自分の前にチップをすっかり集めると、周囲が静まりかえっていることに気づいて、ぱっと顔を上げた。視線にぐるりと取り囲まれていた。

「見事な戦いぶりだな、ミスター・フレッチャー」ピペットが言った。「ルールに反するのは承知のうえで、あえて尋ねよう。あんた、本当に持ってたのかい？」

ジョニーは、とがめるように人差し指を揺らした。「知りたけりゃ、チップを積まないとだめだ」

ピペットはため息をついた。「ああ、積まなかった。さてと……おれはチップが少々足りなくなってね、すまんが……」

「よしきた」ジョニーはそう言って、青のチップだけ集めだした。

「違う、違う」ピペットが言った。「おれたちのルールはこうだ。チップ代は現金払い。で、ゲーム終了後に、そのチップをすべて、おれが買い戻すことになっている」

第五章

青のチップが二十五セントではなく、二十五ドルに相当すると知った瞬間に、ジョニー・フレッチャーの全身を駆け抜けていったあの寒気が、再び体じゅうを駆けめぐった。彼は咳払いをして言った。

「どのみち同じだろ？　おれはチップをたんまり獲得した。で、あんたは買い戻さなきゃならないんだし……」ジョニーはテーブルの反対側に、チップの山を押しやろうとしていた。

「だめだ」ウィリー・ピペットが言った。「現金でくれ」

「それがここのルールでね」ハッピーがわざわざ言い添えた。

「ルールは破られるためにある」ジョニーは、無理やり上機嫌そうに言った。

「いや、ここのルールは別だぞ、ミスター・フレッチャー」ピペットが言った。

ジョニーはテーブルを軽く叩いた。「おい、頼むよ、みんな。みんながそんなふうに振る舞うのなら……」

「はっきり言わせてもらうぞ、ミスター・フレッチャー」ピペットが続けた。「こっちは、あんたが金を払えるのかどうか知りたいんだ。あんたは九百ドル分に相当するチップを買った。それから、あんたのお友だちのほうは四百ドル分だ」

「とんでもねえ！」サム・クラッグがどなった。

「おれもいま、そう言おうと思ってたぜ」ジョニーが言った。「おれは勝っている勝負を途中でおりるのは大嫌いでね。だが、あんたらにそんなふうに思われるのは心外だ。いいだろう、換金する――だから、気を悪くしないでくれ」

「ああ、気なんか悪くしないさ」ピペットが言った。「換金すると聞かされても、それでもおれは、あんたが金を持っているかが知りたい」

「なんでだ？　換金時でいいだろ」

ピペットがざらついた声で笑った。「いいか、かつておれに振りかかったことを話してやろう。あれは、昔むかしのことだ。フェラという男がいて、金も持たずにおれの勝負に参加した。やつは金に困っていた。絶望的と言っても差支えないほどにだ。やつはこう踏んでた、自分が勝てばよし、負ければ……さて、やつは金を持っていなかったから、おれたちに何ができたと思う？」

サム・クラッグが椅子を押し下げたが、立ち上がりはしなかった。ジョニーは二、三音ばかり口笛を吹いた。「何をしたんだ？」

「何もしない」ピペットは言った。「警察は何も証明できなかった。当然だ」

「当然だな」ジョニーが言った。「チッチッ！　捨て鉢になるしかないやつっていうのは、そういう命知らずのところがあるよな」

「そうだ、あんたはどうなんだ？」

ジョニーはにやりと笑うと、これみよがしに財布を出そうと胸ポケットに手を突っ込んだ。取り出した財布をテーブルにぽんと投げた。ピッペットの目が、財布の中身を見積もっている。

ジョニーはしばし待ったが、ピペットの視線は財布に注がれたままだ。ジョニーはこの財布でなんとか乗り切らなければならなかった。彼は財布を開くと、肝をつぶすほどの驚きの声をあげた。

「お恥ずかしい！」

「今日は、とんでもない一日だったかね？」ピペットが一本調子の声で尋ねた。

「サム！」ジョニーが叫んだ。「おまえが折り込み蓋式書き物机（エスクリトワール）にある小型金庫から出してくれた金を、おれは置いてきちまったか？」

「けっこう」ピペットが言った。「だが、感心はできない」

「で、どう違うんだ？　おれの持っているチップの合計から差し引いてくれれば――」

「おまえなあ！」プレイヤーのひとりがあざ笑った。

「ちょっと待てよ」ジョニーがかっとして言った。「知ってのとおり、おれはジョー・シブリーの遺産を相続したんだから……」

「フレッチャー、あんたは知っているかもしれないが」ピペットがさえぎった。「おれは知らない」

「だがこれなら知っているだろ？　ジョーが今日の午後、殺されたことは……それも自分の馬に殺されたことは？」

「新聞には、彼の相続人のことなどこれっぽちも出てなかったぞ」

「ほんとか？　まあ、この町の新聞にとっちゃ、大して重要なことでもないからな。だがおれのことを疑うのなら、電話して確かめてみなよ。遺言執行人の、ええと……グレートネックにいる判事のクリーガーだ」

「長距離電話になるじゃねえか！」

「十五セントだ」ジョニーが軽蔑したように言うと、白のチップを一枚、ひょいと差し出した。「そこから差っ引いといてくれ」

「こんなのごめんだぜ、ジョニー」サムが声をあげて、椅子を後ろに蹴り飛ばした。「こここから出よう」

「あり？　なし？　どっちがいい？」ピペットが尋ねた。

ジョニーは唾をぐっと飲み込み言った。「ウィリー・ピペットは、客の儲けを払わずに済ますような御仁じゃないはずだ」

ピペットがにらみつけた。「あのなあ、おれが訊いたのは、手足の二、三本を折ってからにするか、それはなしにするかってことだ」

サムがこぶしでテーブルを強く叩いたものだから、ジョニーのチップが、ほかのプレイヤーたちのチップもろとも、あたりにすっかり飛び散っていった。「ここにいる男二人を打ちのめすくらい、おれがやってやるよ。金のためだろうが、おはじきだかチップだかのためだろうが、やってやる」

レフティという名のプレイヤーが、ショルダーホルスターから自動拳銃を抜いた。「座れよ、チンピラ！」

「ハジキなんかおろせよ」サムが言った。「そしたら、ほかの二人と一緒に、あんたも打ちのめしてやるから」

「このへんでやめとけ」ピペットが腹を立てながら言った。「フレッチャー、あんたは千三百八十ドルを稼いだ。それでいいから、おれに九百ドルを見せてくれ。そしたら儲けは、あんたのものだ」

「あんたがそう言うのなら……ところで、ウィリー、今日の午後四時半はどこにいた？」

「はあ？」

「今日の午後四時半だよ」

「いったいなんの話だ？」

「なあ、ウィリー。その時間帯だと……マンハセットあたりにいたかい？」

ピペットは、くわえていた葉巻の燃えさしを取り出して言った。「ってことは、やっぱりおまえはデカなのか？」

ジョニーはたっぷり一秒待ってから言った。「いいや」

「おれはジャマイカ競馬場にいた」ピペットは言った。

「おれもだ。だが、第二レースが終わると出て行った。それが午後二時半頃だ。マンハセットまでは車でたった二十分だ」

「たしかあんた、シブリーは馬に殺されたと言ったよな？」

ジョニーは肩をすくめた。「騎手のパット・シーを知ってるかい？」

「ああ。誰もが知っている程度には知っている。それがこの件となんの関係がある？」

「ユリシーズに〝引っぱり〟をしてるって噂があるぞ」

ピペットが耳障りな声で笑った。「レース中に他の馬をすべて撃ち殺したとしても、ユリシーズは勝てんよ」

「そりゃどうも。ユリシーズはおれの馬なんだ」

「売っぱらって膠（にかわ）にしちまいな」

「むかつくなあ」ジョニーはそう言って息を深く吸うと、いまがチャンスとみた。「わかったよ、ウィリー、あんたはおれに千三百八十ドルの借りができた。払いはすぐにとは言わない。明日で……」

「レフティ」ピペットが声をかけた。「連中と一緒に帰んな。やつの言う……折り込みなんたら机とやらに、九百ドルがあるかどうか……」

「あんたが一緒に来たらどうだい、ウィリー?」ジョニーが挑むように言った。

「おれは、いろいろと忙しいんだ」

レフティは立ち上がって、ショルダーホルスターに拳銃をしまい込んだ。ホルスターが右腕の下にあるから、彼はまんま〝左きき(レフティ)〟と呼ばれているわけだ。

「で、金がなかったらどうしますか、ボス?」

「電話をよこせ」

「よし」ジョニーが声をかけた。「帰るとするか」彼はテーブルに背を向けたが、ふっと思い出したように、「ほらよ、ウィリー!」と言って、ホールカードをはじきとばした。とたんにあがる抗議の叫びを背に受けて、何食わぬ顔でドアのほうへ進んでいった。

サムがすぐあとを追って出ていき、続いて銃を持ったレフティも出ていく。彼らは小部屋を通り抜けて廊下に出た。エレベーターの到着を待つあいだ、レフティは二人から数フィート離れて立ち、エレベーターが来ると箱の後部に乗り込んだので、ロビー階に到着時は二人の後ろから降りた。

ホテルの外に出ると、レフティがジョニーに問いかけるような目を向けた。「タクシーか?」

「そうだなあ」

ホテルの玄関前に停まったタクシーに三人は乗った。レフティが真っ先に乗り込み、一番左の席に陣取った。腕を組み、左手はコートの折り返し襟(ラペル)の下に突っ込んでいる。ジョニーは真ん中に座り、サムがレフティとは反対の端に座った。

「〈四十五丁目ホテル〉まで」ジョニーが運転手に告げた。

レフティが鼻で笑った。「あのしけたとこか！」

「おじが支配人なもんでね」ジョニーが言った。「この町にいるあいだは、よそのホテルに泊まるのを許しちゃくれないんだ」

「あのホテルが気に入らねえなら、ついて来なくていいぞ」サムが喧嘩腰に言った。

「あっしは乗せていくだけだ。あとの車にしてもらってもかまいませんぜ」

運転手の一言で、タイムズスクエアを横断する短い旅の会話はぴたりとやんだ。〈四十五丁目ホテル〉の前で、ジョニーはとっとと車から降りてしまい、レフティに料金を払わせた。

ロビーを通り過ぎたところで、エレベーターのそばにボーイ長のエディー・ミラーがいるのに気づいた。「あの小包は届いたかい、エディー？」

「小包ですって？」ボーイ長は聞き返したが、すぐさま「確認のため保管室へ行ってきましょう」と答えた。

「あんた、人払いがうまいな」エレベーターに乗り込むなり、レフティがジョニーの耳元でうなった。

八階で降りると、レフティが再び二人とは数フィートの距離を置いた。ジョニーが部屋の鍵を開け、室内側にある電気のスイッチを入れてから中に入った。サムが続いた。

レフティは戸口あたりで、狭くてむさ苦しい家具付きの室内をのぞき込んだ。「こんなところに九百ドルがあったら、おれはなんだってやってやるぞ」

ジョニーは戸口から最も遠い端にある、使い込まれた書き物机を指さして言った。「のぞいてみなよ」

レフティは左手でピストルを抜き、右手で部屋のドアを閉めた。そして、サムの前を注意深く通り過ぎながら書き物机に近づいていった。もちろんサムから目を離さずに。机にあるたった一つの引出しをぐいと引き開けた際も、決してサムから目を離さなかった。が、ついに覚悟を決めて、一瞬だけ下を見た。

素早く視線を戻したときには、サムはすでに前進していた。

「動くな！」レフティが凄味をきかした。

サムは立ち止まった。「銃をおろせよ！」

「てめえの頭におろそうか」レフティは返した。

彼はジョニーに、ベッドから離れてサムの横に並ぶよう身ぶりで示した。「おれは電話をかけたいんだ」

ジョニーはしぶしぶその場から離れた。「そもそも、おれは銀行から金を引き出すのを忘れちまったんだ」

ボーイ長のエディーが、薄っぺらいドア板をげんこつで威勢よく叩き出した。「ミスター・フレッチャー」と彼は呼びかけた。

レフティが腹立たしげに顔をしかめた。ホルスターに拳銃をおさめたが、手はコートのラペルの下にいれたままだ。「妙なことは言うなよ、フレッチャー。その瞬間に、おまえを撃ち殺すぞ」

「入れよ、エディー」ジョニーが声をかけた。

エディーがドアを押し開けた。勘のいい若者は、ひと目で状況を察知したようだ。「ミスター・フレッチャー、お尋ねの小包なんですが……」

「ああ、エディー？」

「あのですね、たしかに配達されましたが、新米の配達員が部屋を間違えて届けてしまって、ええ、いま警備員が引き取りにいってまして、お届けにあがりますよ……ただちに」

「モイナハンだな」ジョニーが言った。「ああ、そうだ」ジョニーはレフティに向かってにやっと笑った。「じゃあな、レフティ。再会できて実にうれしいよ。またすぐ電話をくれよ、そのときは一緒にランチでもしようや」あくびをしながら続けた。「ああ、なんだか眠いや」

浅黒いレフティの顔は、怒りのあまり苛立ちがむき出しになっていた。いまこの男に殴られたとしても、ジョニーは驚きもしなかったことだろう。

「わかった」レフティがだみ声で言った。「わかった、ウィリーに伝えとくぜ」

「ああ、頼んだよ、レフティ」

レフティはコートの下に片手を突っ込んだまま、肩をいからせて戸口のほうに歩き出し、エディーの前を通り過ぎた。ジョニーの目配せで、エディーがドアを蹴って閉めた。ジョニーはそっとドアに近づき、差し錠をかけた。

ドアから離れると、彼は目を閉じ、息を深く吐き出した。

「わたし、お門違いなことを言いましたかね？」エディーがからかい半分で言った。

ジョニーが口元に指を置いた。しばし時間をとってから、再びドアに近寄る。ドアに片方の耳をあてて、それから掛け金を外し、そっと開けた。廊下をのぞき見てから、室内に向き直った。

「エディー、でかした。二十五セント銀貨はおまえのもんだ」彼は言った。

「たった？」エディーが言った。「わたし、あなたの命を救いましたよね？」

「その根拠は？」

「あれは、レフティ・レンスキーでした」

「まさに」

「しかも、彼がコートの下で握っていたのはハムサンドのわけがない。あの男はウィリー・ピペットの子分のひとりですから」

「何者だい、ウィリー・ピペットって？」

「ウィリー・ピペットをご存じない？　おや、まあ！　この町で一番の胴元に決まってるでしょうが」

「やつはどこでやってるんだ？」

エディーはポケットから赤い小さなノートを取り出した。ページをぱらぱらとめくって言った。

「ダコタ局の七一七一に電話なさい」

「いきなりか？　相手が誰かを、やつはどうやって知るんだ？」

「名前のイニシャルを伝えるだけですよ、二回目からはね。もちろん、最初は推薦人がいりますがね」

「推薦人ってのは誰だ？」

「うーん」とエディー。「五百人ほどいるうちの誰かですね。この近辺のホテルなら、ピペットのところで賭けている者が必ずいますよ」

「ほんとか？　このホテルなら誰だい？」

「わたしです」

ジョニーはたじろいだ。「後生だ、エディー。おまえさんは、いったいいくつの顔をもってるんだ？」

「ここのチップのあがりだけで、わたしのキャデラックの代金が払えるとでも？　もっとも、わたしの取り分はたった五パーセントです。ただし、ホットだろうがコールドだろうが、いただくものはいただきます」

「なんだよその、熱い（ホット）とか冷たい（コールド）とかっていうのは？」

「カモが損したときだけ、手数料を取るやつもいます。となると、もしピペットが持ち出しになったら、その五パーセントすら手に入りません。結果が勝ち（ホット）だろうが負け（コールド）だろうが、わたしは頂戴してるんです。賭けたい馬があるときは、出走予定時刻の十分前までに連絡ください」

「そういうことなら、おまえさんの意向に応じられるかもしれないぞ、エディー。ユリシーズっていう馬をどう思う？」

「それは馬の名前じゃない、ヤギの名前です」

「つまり、まるでダメだと思うのかい？」

「わたしのいとこに〈シェフィールド乳業会社〉で働いているのがいます。あの会社の牛乳配達用の馬百頭でさえ、ユリシーズに勝てますね」

「それを聞いてうれしいよ、エディー。おれはユリシーズの馬主だ」

エディーが口笛を吹いた。「いったいどうして、そんな……つまり、いつその馬を買ったんです？」

「買うもんか。相続したんだ」

「でしたら話は別だ。それなら、いとこに話しておきましょう。あの会社では、いい馬がいないかいつも探しているんでね。いとこの口添えがあれば、ユリシーズを買い取ってもらえるはずです」

「その申し出をぜひ受けさせてくれよ、エディー」サムが口をはさんだ。

エディーがにやにやしながら言った。「そのポンコツ馬は、今夜ここに乗りつけてきたあのかっこいいステーションワゴンと関係があるんですね？」

「そうなんだ、あの車も相続したのさ。おまけに二十万ドルばかりもな」

「ご冗談を！」

「まあ、ほぼそうなんだ」

「ほぼって、どっちなんです？」

「ほぼそうなんだよ、エディー。金は馬が相続して、おれは馬の後見人なんだ」

エディーは笑った。「あなたのそういうところが嫌いじゃないですよ、ミスター・フレッチャー。あなたの話はいつも、とことんくだらないのに、妙に説得力がある。わたしから五ドル拝借したときみたいにね」

「アハハハ」とジョニーは言ったが、笑ってはいなかった。

それをきっかけにエディーが言った。「今夜は戸締りに気をつけてくださいよ」

彼が部屋を出ていくなり、ジョニーはボーイ長の助言にすぐに従った。

「わかったよ、ジョニー」サムが憂鬱そうに言った。「今夜はあの男を追い返せた。だがな、おれにはわかるんだ。おれたち、これが最後じゃ済まないってね」

ジョニーはあくびをした。「おれはもう眠くてたまらん。あすは早起きしないとな」

第六章

朝十時きっかりに、ジョニー・フレッチャーはグレートネックのミドルネック・ロードにある、煉瓦造りの二階建ての建物の前にステーションワゴンを停めた。車を降りて、サム・クラッグが降りてくるのを歩道で待った。

「〈ディーヴァー、マクリントック、ディーヴァー&クリーガー〉か」彼は二階の窓にある文字を読み上げた。「判事の名前を先頭につけようとは思わないのかね」

　建物横に外階段があった。ジョニーとサムがその階段を昇り、大きな部屋に入ると、惚れ惚れするほど太った女が、蛇腹式蓋付き机（ロールトップデスク）の奥に座っていた。

「ミスター・フレッチャーとミスター・クラッグだ」ジョニーは言った。「判事とは約束している」

「どちらの判事でしょう?」

「ここにいる判事は、ひとりじゃないのか?」

　女は肩についた何層もの脂肪を揺らしてみせた。「あの肩書きは、たんなる名誉職なんですよ。もっとも、クリーガー判事は、かつては判事でしたけど……」

「その判事のことだよ」

　そのとき、クリーガー判事がドアを開けた。「おお！　ミスター・フレッチャー、来てくれるのかどうか気をもんでいたよ。さあ、入って！」

ジョニーが進み出ると、サムがあとに続いた。判事が首を振った。「ミスター・フレッチャーだけにしてくれ」

「おれとサムは互いのシャツを交換しあう仲だ」ジョニーが言った。「サム、一緒に来いよ」

クリーガー判事は眉をひそめたが、それ以上の異議はとなえなかった。判事専用の大きなオフィスに男がひとり、革張りの椅子に座っている。おそろしいほど痩せた男だ。座ったままではあるけれど、身長が六フィート以上はあっても体重は百十ポンドもないなとジョニーは踏んだ。

「ミスター・フレッチャー」クリーガー判事が言った。「こちらはミスター・シブリー。アルバート・シブリーだ」

「これはこれは」ジョニーは言った。

シブリーがしなびた手を差し出したが、ジョニーは気づかぬふりをした。「ジョー・シブリーの別の親類かい？」

「まさにそこが」クリーガー判事が言った。「肝心なところでね。ミスター・シブリーは、ジョーの弟さんだそうなんだ」

「ひぇー！」サムが声をあげた。

判事は顔をしかめてサムを見据えた。「ミスター・シブリーはだね」彼は朗々と告げた。「兄上の遺産相続に、異議をとなえる権利があるとお考えだ」

「そのとおりだよ、判事」アルバート・シブリーが言った。「ジョーはわたしの兄であり、そしてもちろん、わたしが彼の、唯一生存する親族だからね」

「じゃ、ヘレン・ローサーはなんなんだ?」ジョニーは尋ねた。

「ヘレン……」シブリーがクリーガー判事の顔をきっとにらんだ。「ヘレンが、ここに?」

「彼女をご存じで?」判事が尋ねた。

シブリーは首を縦に振った。「わたしの姪だよ」

「だけど、あんたとは姓が違うぞ」ジョニーが言った。「あんたに姉か妹がいたなんて、言わないでくれ……」

「亡くなったよ。アニーのことだ。ローサーという名の役立たずと結婚した。そいつはヘレンがまだ幼かった頃に、アニーを見捨てたんだ」

ジョニーが笑い声をあげた。「行列ってのは、タイミングよくできるもんだな」

「はあ?」

「身内だよ。ひとりもいないとジョニーはずっと言っていたのに、いまになってバッタみたいにひょこひょこ出てくる」

シブリーが判事のほうを向いた。「あなたも、そうお考えかな?」

「いやいや、ミスター・フレッチャーは冗談がお好きでね。この手の問題は、慎重に扱わねばなりません」

「なるほど」シブリーはそう言って、立ち上がった……立ち上がると、六フィート五インチはあった。

「真っ先にこちらへ伺ったのは、機会を提供するためだった。いまや弁護士をたてるべきだということがわかったよ」

「やっかいなケースになると思いますよ、ミスター・シブリー」判事が言った。「遺言状を作成した

「そりゃ承知のうえだ。だけど、こんなおかしな話があるか！　こうなったら陪審に、あわれジョーの死がどんなに愚かなものだったか知ってもらおうじゃないか。馬に金を遺すなんて狂ってる！」

「ミスター・シブリーは、精神面ではまったく異常はなかった」クリーガー判事はきっぱりと言った。「そのことはわたしが保証します」

「陪審にも保証できるのか？」

太った受付係が戸口に現れた。「ミス・ローサーがお見えです」

「わお」ジョニーが言った。

「お通しして」判事が言った。

姿を現したヘレン・ローサーには連れがいた。痩せて歳が三十くらい、俳優のロバート・テイラーに数ポイントのハンデを付ければ、美男比べで勝てそうな青年だ。

彼女は戸口のところで室内を見回し、ためらっている。「あの、おじゃまだったかしら？」

「とんでもない、ミス・ローサー」判事はおもねるような声で言った。「紳士方のひとりは不意のお客ですが……あなたの伯父様、アルバートさんはご存じですね？」

「なんとなんと、ヘレン！」アルバート・シブリーがもごもごと言った。

ヘレンはシブリーのことをしげしげと見た。「あなたが、伯父様のアルバート……シブリーですの？」

「最後に会ったのは、きみが十歳、いや六歳のときだったかな。そう、わたしはきみのアルバート伯父さんだよ。気の毒なジョーの弟だ」

「ミスター・シブリーは」判事が言った。「ご自分には――そして、あなたにも――亡くなったジョゼフ・シブリーの遺産を相続する権利があると信じておられる。遺言状を作成した弁護士として……かつ、その遺言状の執行者としては、そのような請求は認められませんが、訴訟によって費用をかけるのはできれば避けたいと思うのも当然のことでしてな。わたしとしては、お二人には権利譲渡していただく見返りに、それ相応の金額をご提示するつもりで……」

「ちょっと待った！」ジョニーが声をあげた。「おれがその件について、法定相続人と相談したところ、彼の回答は〝ヒヒーン〟だとよ（「neigh＝いななき」と同音の「nay＝否」にひっかけている）」

サムだけが彼の駄洒落に気づいて、いきなり高笑いしだした。クリーガー判事は顔を真っ赤にして言った。「ミスター・フレッチャー、頼むよ」

「そっちこそ、頼むよだ」ジョニーは言った。「ここではおれが筆頭の相続人だぞ」

「ミスター・フレッチャー」判事が声をあげた。「わたしはその遺産を守ろうとしているんですよ」

「おれは、ユリシーズの金を守ろうとしているんだ」ジョニーは言った。「いいか、彼はまだ若く、育ちざかりで、干し草と燕麦（えんばく）がたっぷりいる……」

クリーガー判事はいまにも窒息しそうだ。ジョニーはにやにやしながら、ヘレンを見た。彼女のほうは軽蔑するような目で見返してくる。彼女がつれてきたハンサムな男が前に進み出て、彼女の耳元でささやいた。彼女はかぶりを振った。

「ミスター・クリーガー、あなたの提案とは？」彼女は尋ねた。

判事はジョニーに向かって眉をひそめた。「わたしとしては、お二人それぞれにですね、ええと、その、五千でいかがかと……」

「五十万ドルもあるのにか?」アルバート・シブリーが叫んだ。

「遺産はそんなにありません。二十五万ドル足らずですよ。もっとも、先ほどご指摘したように、あなたがたには遺産を要求する権利はないのですから、裁判をしたとしてもですね――」

「やってみなければわからんだろ!」

「ええ。ですが、わたしが保証する……」判事がハンカチを出して鼻をかんだ。「こちらがご提案しているのは、不法妨害への和解条件なのですよ」

「不法妨害だと」アルバートが食ってかかった。「それで決まりだ。わたしは弁護士をつける。それでヘレン、きみも賢明なら……」

「わたしは、ご提案を受け入れますわ、ミスター・クリーガー」ヘレンが言った。とたんにハンサムな男が、彼女の耳元でささやいた。ヘレンは相変わらず首を振り続けたので、若者もいっそうしつこくしている。

「いとこのセシルかい?」ジョニーが尋ねた。

ヘレンのエスコート役が背筋をぐいと伸ばした。「すみません、いまなんと?」

「あんたがいい、いとこかどうか尋ねたんだよ」

「ぼくはコンガーと言います。そしてファーストネームはチャールズです」

「やあやあ」ジョニーは言った。

「たいへん賢明ですな、ミス・ローサー」クリーガー判事が言った。「それでは契約書を作成しますので――」

「そんなものに彼女はサインしませんよ」チャールズ・コンガーがそっけなく言った。

「あなたは彼女の代理人ですか？」

「ええ、ぼくは彼女の弁護士です――ぼくならそんな遺言状は無効にできる。顧問弁護士さんも、それはご存じだと思いますが」

「さあて、なんのことやら。判事としては……」

「元でしたよね」コンガーが言った。

「元だ」クリーガー判事が認めた。「とはいえ、わたしも遺言状に関する判例はかなり承知しているし、二十五年間、法律に携わってきた者としては……」

「ぼくなら無効にできます」コンガーは言った。

クリーガー判事は両の手のひらを上に向けて、お手上げだといわんばかりだ。「どうやら、見解の相違が生じたようですな。こうなると訴訟を起こすことになりますか」

「そのとおりだ」アルバートが声をあげた。

「おれからの提案が聞きたいってやつはいないのかい？」ジョニーが尋ねた。

「ミスター・フレッチャー！」クリーガー判事が叫んだ。

「なんだよ、提案くらいしたっていいだろ？」


ジョニーとサムがグレートネックを出られたのは十一時過ぎだった。ジョニーはステーションワゴンに乗って、亡きジョー・シブリーの家ではなく、ニューヨークへ向かうことにした。

車がパークウェイに入ると、ジョニーはガソリンスタンドに立ち寄った。「レギュラーを二ガロンいれてくれ」店員に注文したあと、彼は電話のある事務所へ向かった。

電話帳でジョー・シブリーの番号を調べて電話をかけた。呼び出し音が鳴り続けるあいだ、じいっと待っていると、ウィルバー・ガンツが電話に出た。

「〈シブリー・ステーブル〉です」

「ウィルバーか。ジョニー・フレッチャーだ……」

「こっちには来られないんですかい？」ウィルバーが声を張りあげた。

「すぐには無理なんだが、ちょっといいか。ユリシーズの飼い葉はどれだけ蓄えてあるんだ？」

「オーケーだよ、ボス。数日分はたっぷりある」

「万が一にも、切らせるわけにはいかないからな。最良の干し草を一トン注文しといてくれ……」

「一トンも！　ユリシーズが半年かかっても、そんなに食えねえよ。放牧もさせているんだし……」

「干し草を注文する際は、最高級のものにしてくれ。それから最高級の燕麦（えんばく）も五百ポンド買っておけ──ほかに何を食べるんだ、馬は？」

「ふすま（ブラン）だよ、ボス。でもそんなに──」

「質問はなしだ、ウィルバー。何もかも最高のものを買っておけ。すべておまえさんが考えうる最高のものにしろ──干し草、燕麦、ふすま。それから、リニメント剤もどっさりだ。おまえさんがいつも買っているものを定価で買え。で、請求書はすべてクリーガー判事に送っとくんだ」

ジョニーが電話を切って振り向くと、サムが事務所に入ってくるところだ。サムは非難がましい目を向けた。

ジョニーはにやっとした。「最良のものを、と言ったのは判事だったよな？」

「あんた、注文したもので商売をする気だな？」

「もちろんだ。おれは馬の飼育についちゃ未熟者だから、適切な注文量なんて知るもんか。で、干し草をだめにするわけにいかないとなれば……」

「おれに言い訳をしてどうすんだよ、ジョニー。とどのつまり、馬がどれくらい食うかなんておれだって知らねえんだ。ユリシーズはとんでもない大食漢かもしれないしな」

「のみ込みが早いぞ、サム。さてと、ニューヨークへ戻るとするか」

「おれたち、ウィリー・ピペットの子分どもに追いかけられるかもしれないぞ」

「そのリスクは覚悟のうえだ。おれには見つけ出さなきゃならない男がいるからな。エドだかテッドだかネッドだかの名前をもった男だよ」

「ジョーを殺したやつだな?」

「ひょっとしたらそうかもしれないし、そうじゃないかもしれない。だが、何者かがシブリーに宛てた手紙を燃やしたんだ」

「そうだった、すっかり忘れてたよ。いったいどうやって、そいつを見つけ出すつもりだ?」

「ほら、焼け焦げた紙の切れっ端にあった住所だ」

「わかるのはジョルダンビルってことだけだぞ。あのビルは十八だか二十階建てだ。どうやって見つけるんだ、ネッドって男を……?」

「あるいはテッドかエドって男だ。そいつがあのビルにいるのなら、おれは見つけるさ」

第七章

ジョニー・フレッチャーはステーションワゴンを六番街と四十四丁目の角にある駐車場に停めると、サム・クラッグとともに六番街の屋内射撃場へ向かい、アーケードの中に入ってすぐ、小さな売店の前で足を止めた。店では、顔や手の指にインクをつけた男がひとり、小さな印刷機を動かしている。

「名刺を刷ってもらいたい。どれくらいでできるかい?」ジョニーは印刷屋に尋ねた。

「五十につき三十五で十だ」よく回る舌で答えが返ってきた。

「五十枚で十セントだって?」ジョニーが言った。「そりゃ、いい。だがおれは、三十五分よりも速くやってほしいんだ」

「おかしな人だね」印刷屋が切り返した。「名刺五十枚につき三十五セント、十分でできるよ」

ジョニーはポケットから鉛筆を一本取り出して、カウンターにあるメモ用紙に手をのばした。そしてこう書いた。

シブリー・ステーブル
〝ターフの王(モナーク・オブ・ザ・ターフ)〟
ロングアイランド、マンハセット

オーナー　ジョナサン・フレッチャー大佐
調教師　サム・クラッグ

メモ用紙を渡された印刷屋が、ちらっと見るなりこう言った。「五行かい。だったら五十枚につき五十セントだ」

「二十五セントで二十五枚刷ってくれ」

印刷屋は鼻であしらった。「せいぜい勉強して三十セントだ」

ジョニーがにやっとした。「とりかかってくれ」

射撃場にふらりと入っていくと、サムがコイン式のピンボールゲームを楽しんでいた。ジョニーは射的の前に立ち、一回分の料金を払った。三羽のカモを撃ち倒すと、もう一回分を買わせようとする射的屋の努力ははねのけた。

ピンボールゲームをしているサムと合流したところで、印刷屋から仕上がったという合図がきた。

「今日のジャマイカでは何がいいかな？」印刷屋は皮肉っぽい笑みを浮かべている。

「極秘情報を教えとこう」ジョニーが言った。「とっておきだぞ。家にこもって、無駄遣いをするな」

「ありがとよ、兄弟。友だちにも伝えとくよ」

ジョニーは名刺代を払った。屋内射撃場を出るなり、サムが尋ねた。「その名刺で何をしようとしてるんだ？」

「うん？　ひょっとしたらおまえが、印刷された自分の名前を見たがっているかもしれないと思ったんだよ。ほらこれ、何枚か持ってろ」

名刺を手に取りサムは言った。「へっ。おれはいまや調教師かよ。何をすればいいんだ？　ユリシーズに曲芸でも教えるのか？」

　ジョニーはサムの腕をつかんで、とある大きなカメラ販売店に引っ張り込んだ。「小型カメラじゃあ、ちょっと違うんだよなあ」彼は大きな声でサムに言った。「やっぱり〈グラフレックス〉がいいよなあ」

「当店の品揃えはこの町一番でございますよ」商売熱心な店員が声をかけた。

「広角レンズ付きのを見せてくれ」ジョニーが続けた。「馬の素晴らしさがばっちり伝わるくらい、大きな写真が撮れるやつがいい」

「写真はいつでも大きく伸ばせますよ」店員は言った。

「知ってるよ。だが、ただ引き伸ばすだけじゃ何か足りないんだ。ここのシンジケートの連中は、馬体の作りとか構造とか細々したことは熟知しているが、そんな理屈を越えた迫力とか力強さとか、わたしの撮った写真がユリシーズの別の魅力を引き出せれば、やつらも少しは自分たちの牝馬(ひんば)をユリシーズの元に送ろうという気になってくれると思うんだよ」

　ジョニーはポケットから名刺を一枚取り出すと、カウンターにさりげなく置いて、顔をあげた。

　店員はその名刺を手に取り、「ああ、なるほど」と考え込むように言った。「えーと、ユリシーズは昨日、ジャマイカで走りませんでしたか？」

　ジョニーは指一本を口元にあてて言った。「だから、いま言ったみたいな写真が撮りたいんだよ。昨日のレースを見たらシンジケートは種付け料を下げてくるはずだ。だからね……」彼はカウンターに寄りかかって、ひそひそ声で続けた。「おまえさん、腕時計を質に入れて、その金で今度ユリシーズが出るレースにお賭けなさい。払戻金がくるよ。わかったかい……？」

店員の目がきらっと光った。「ありがたく拝聴しておりますよ、フレッチャー大佐。そしてわたしからも一言申し上げますが、あの馬はこの先も、せいぜい善戦止まりだと思いますよ……さて、こちらのカメラでしたら、お望みの写真が撮れること間違いなしですよ。お値段はたったの二百二十五ドルになります」

ジョニーは大型カメラを手に取ると、目線の位置に構えてみた。シャッターを二、三回押して、考え込むようにうなずいた。「よさそうだが、どうかなあ。以前持っていたカメラはトラブルが多くてね──」

「この機器でしたら、そんなことはいっさいありません。そこはお約束しますよ、はっきりと。お値段にふさわしい逸品です。個人的にも、自信をもっておすすめします」

「本当かい？　だったら、一日、二日ばかり試したうえで買うんじゃだめかい？　気に入ったら小切手を送るし、いま一つだと思えば返品するか、交換するかもしれない。どうだろう？」

店員はためらっていたが、ジョニーの名刺に再度目をやった。「そういうことでけっこうでございます、フレッチャー大佐。お箱にお入れしましょうか？」

「いや、これからすぐに競馬場へ行くことになっているんで、騎手を乗せた写真を数枚撮ろうと思うんだ。わたしの住所は名刺にあるからおわかりだね？」

「かしこまりました。ありがとうございます。ところでフィルムはいかがしますか？」

「フィルム？」ジョニーは眉をひそめたが、ウィンクして笑い声をあげた。「記者連中からしょっちゅうフィルムを押しつけられるんだよ。連中はけっこういいフィルムを持っていてね。数箱くらい、すぐもらえると思う。さっき伝えたユリシーズの次走の件は、くれぐれも忘れずにな！」

ジョニーは、顔が真っ赤になっていたサムを肘で小突いた。歩道に出たとたん、サムがわめいた。

「ジョニー、あんな名刺を刷ったのは、この店でカメラをちょろまかすためだったのか？」と。

「ちょろまかすつもりなんかないさ。気に入らなけりゃ返すと言っただけで、二百二十五ドルもするカメラを気に入るわけがないのは当たり前だ。おれはちょっとのあいだ、カメラを使いたいだけなんだ。傷なんかつけないよ」

「だけど、フィルムなしのカメラで何をするんだ？　記者連中の話なんて、でたらめもいいところ……」

ジョニーは笑いとばした。「カメラは使うつもりだが、フィルム不要の使い方だよ」

「何言ってんだ？　フィルムがなけりゃ、カメラは使えないだろう？」

「おや、そうか？　まあ見てなって。さあ、五番街についたぞ。次のブロックまで行けばジョルダンビルがある」

サムは二、三度まばたきしてから、はっと息をのんだ。「ジョルダンビルか！　おい、つまりあの住所の――」

「ジョー・シブリーを殺したかもしれない男のだ」

「けど、その男の名前はわからない。どういう人相なのかすら、わかってないんだぞ」

「そいつは、ほぼおれと同じ背格好だ。おまけに名前はテッドかネッド、あるいはエド」

「けど、ビル内の事務所をいちいち訪ねて、テッドかネッド、あるいはエドがいるか調べるなんて無理だぞ」

「おれもそう思った。だからこそのカメラなんだよ。サミー、おれたちはこれから、詮索好きなリポーターになるのさ。えーと、『今日の話題はなんでしょう?』でいくか」

サムは顔をしかめて言った。「朝刊に載ってる、あのコラムみたいなやつをやるのか?」

「あたり。毎日一つ、質問を投げて、その返事とともに回答者の顔写真を掲載するやつさ。たとえば『働く女性は給料袋を夫に渡すべきだと思いますか?』とね」

「当然だよ」サムが答えた。「男が自分の給料袋を妻に渡すのなら、妻だって夫に渡すべきだ」

ジョニーが咳払いをした。「そんなご立派な質問じゃなくていいかもな。そう考えたら、おれたちが関心をもつテーマにかかわるものがいい」

「殺人か?」

「違う、馬だよ。よし、決めた。『昔ながらの馬券屋より、パリミューチュエル方式のほうがいいですか?』でいこう」

「おれは、どっちもなくてかまわないぞ」

「おまえには訊いてないよ。さあ、こんな感じでとりかかろうぜ」ジョニーはポケットから古い封筒を取り出し、ついでにちびた鉛筆を見つけた。「しゃべるのはおれがやるから、おまえはそのあいだ、写真を撮っているふりをし続けてくれ」

「フィルムなしで?」

「そうだ」

「わかったよ。だけどおれにはなんとなく、失敗するような気がするんだよ」

ジョニーはサムにカメラを渡すと、ビルの出入り口に近づいていった。ビルに入ろうとする男がいたので、ジョニーは行く手をさえぎった。

「ちょっとよろしいですか、わたくし〝知りたがり屋レポーター〟です。今日の話題について、あなたのご意見をお聞かせいただきたくて……」

「どんなことだい？」

「質問はこうです。『あなたは昔ながらの馬券屋より、パリミューチュエル方式のほうが好きですか？』」

「はあ？　なんだい、そのパリミューチュエルっていうのは？」

「馬に賭けるときに買うチケットで……」

「悪いね」男は言った。「馬には賭けないんだ」彼はジョニーの脇をさっさと通り抜けて、ビルの中へ入ってしまった。

サムが不安な表情を浮かべて、いまのやりとりを見ていた。ジョニーはいらだちながら、手をのばして別の男の腕をつかんだ。「〝知りたがり屋レポーター〟です、ミスター」彼は端折った呼びかけに変えてしまった。「馬券屋とパリミューチュエルのどちらが好きですか？」

こんなテーマを選ぶから、ジョニーは避けられてしまうのだ。

「悪いね、間に合っているよ」

「何も売るつもりはありませんよ」ジョニーは食い下がった。「新聞社として、お尋ねしたいだけなんです。パリミューチュエルか馬券屋か、どちらがお好きですか？」

「イエス」

「イエス、というのは？」

男は改めて、ジョニーにつかまれた腕を引き抜こうとした。「そんな質問に答えられるかよ」

「なぜです？　わたしたちは毎日、みなさんに質問しています。話題は毎日変わります。写真も撮りますし……」

「だめだめ、やめてくれ」男は声をあげて、ジョニーから離れていった。

ここにきて、サムがあからさまに笑い出した。「順調だな、ジョニー」

何者かがジョニーの肩をぽんと叩き、その耳元にざらついた声でささやいた。「よう、兄弟、何を騒いでいるんだ？」

ジョニーがくるっと後ろを向くと、目の前にウィリー・ピペットの子分、レフティの顔があった。

「ビンゴ！」サムが言った。

レフティがかぶりを振った。「ほんとにわけがわからねえ連中だな。夕べ、あれからおまえたちは、はるかインディアナにでもずらかったと思っていたが、こんなところで飼い葉桶に鼻先を突っ込んでいるとはね」

「飼い葉桶だと？」ジョニーがすかさず問い返した。

レフティは苦笑いした。「おれにいちいち説明させるなよ」

「なるほどな」ジョニーが言った。「このビルに、ウィリーの事務所があるわけだ」

レフティが眉をひそめた。「話なら上でしようぜ」

「ウィリーの事務所でか？」

「じっくりな」

「何号室だい？」

「上に行けば、わかる」

「先に教えろ」

「おれをアホ扱いするなよ！」レフティが食ってかかった。

「少なくとも、行く先々をついてくる三人のおまわりに黙ったままで、おれがウィリー・ピペットが張った蜘蛛の巣にわざわざ踏み込んでいくとおまえさんが思っているんだったら、間違いなくアホだな」

「おまわりか」レフティが言った。「そりゃ、おれもそう考えたさ。で、厄介事はもうたくさんなんだ。一緒に来ないというのなら……」

サムが前に出てきて、レフティをジョニーとはさみ込むようにして立ちはだかった。「来ないなら、どうするね、あんちゃん？」

レフティは、はさみうち状態から抜け出そうとしたが、サムのほうがいち早く、大きな手をビルの壁にのばしたものだから、通せんぼされて身動き一つとれなくなった。

「あんたは銃を持った大物だったよな、あんちゃん」サムが言った。「いいか、取れるもんなら手をのばしてみなよ、頭がぼおっとするほどひっぱたいてやるから」

「やめろ」レフティが低い声でうなった。「人目をひくじゃねえか」

「あの交通巡査がじろじろ見ているぞ」ジョニーが言った。「部屋番号を教えるか、それともおれが注意をひいてやったほうがいいか」

「このままで済むと思うなよ」レフティが言った。

「ちょっと！」ジョニーは大声をあげた。「ちょっと、おまわりさん……！」

「一〇二三号室だ」レフティが叫んだ。

「オーケー、サム」ジョニーはほくそ笑んだ。

サムが片手をあげると、レフティはひょいとかがんで、ビルの中へ駆け込んでいった。

ジョニーがあとを追い、レフティが手を放した勢いで閉まりかけたガラス扉をなんとかつかんだ。

まんまとビル内に入り込むと、サムもすぐあとに続いた。

第八章

　エレベーターから人がどっと出てきて、すっかり空っぽになったところに、レフティが飛び込んでいくのをジョニー・フレッチャーは見た。急いで駆け出したものの、いきなり立ち止まった。

　ジョニーにぶつかったサム・クラッグが声をあげた。「ウィルバー！」

　ウィルバー・ガンツが二人に気づいて立ち止まった。「こりゃまた」

「驚いたな」ジョニーがぶつぶつ言った。「おまえさんは、ロングアイランドにいるもんだと思ってたよ」

「町に来たもんでね」ウィルバーが言った。

「ユリシーズも一緒か？」

　ウィルバーが顔をしかめた。「なんか問題あるかい？　競馬場に運んどいたよ」

「なんのために？」

「なんのためにだって？　明日走るからだろ！」

　ジョニーは首を傾げた。「そうか、明日、出走するのか？　何しろ、おれはあの馬の後見人にすぎないし……」

「ボスが先週、出走登録したんだ。もちろん、おれはあんたには言うつもりだった。でも、その機会がなかったからな。なんせ、あんたはあの家にいないから……」

「あっちで会ったじゃないか、ウィルバー。もっとも、おれは電話をかけたぞ。違うか？」

「ああ、そうだ。だからいろいろ注文しといたぜ。判事に請求書が届くのは少し先だけどよ」

「配達してもらったのか？」

「おれが出る時点ではまだだった。おれはユリシーズを競馬場に連れていったから……」

「彼の世話は誰がしているんだ？」

「ああ、うちは競馬場に馬房を持っているんだ。競馬場付きの助手に一ドルやって、馬房の見張りを頼むんだよ」

「で、おまえさんは町に来たわけだ？」

「法に反しちゃいねえだろ？」ウィルバーが、反抗的に問い返した。

「そりゃ、もっともだ。だけどおまえさんは、どうしてこのビルに来たんだ？」

「人に会ってたのさ」

「誰だ？」

「あんたに関係ないだろ？」

「ただ知りたかっただけさ。そいつの名前はピペットじゃないだろうな？」

「ウィリー・ピペットに？　あんた、何を言ってんだ？」

「このビルに、やつの事務所があるのを知らなかったのか？」

「ほんとか？」

「ふーん。じゃ、相手がピペットじゃなければ、誰に会ったんだ？」

「言ったよな、あんたに関係ないだろうって。これは個人的なことだ。個人的なことをすべて言う必要はねえよ」

「頑固なチビだな」サムがぶつぶつ言った。

「なんだって?」ウィルバーが食ってかかった。「偉そうなことを言ってると、あんたの鼻にパンチを一発お見舞いするぜ、な?」

サムは目をぱちくりさせて、くくっと笑った。「おまえさんが、おれを? 殴りつけるだと?」

「あんたが二、三ラウンド、ステップを踏みたくなったら、いつでもいいから、おれに知らせなよ。〝いつでも、いつでも〟だ」

「そのうち負かされるぞ、サム」ジョニーが笑い声をあげた。

ウィルバーがすかさずジョニーをにらみつけた。「それはあんたも同じだよ、な。おれはジョーの指図は受けてきたが、あんたから受ける必要はない、な? あんたはおれのボスじゃねえ」

「おまえさん、仕事を辞めるつもりなのか?」

「辞めるもんか。それに、あんたはおれをクビにできない。判事がそう言ってたぞ」

「なあ、ちょっと待ちなよ、ちびっこいの」ジョニーが言った。「遺言状によればだな――」

「それはもう聞いたよ。誰もおれをクビにすることはできないぜ。おれが自分の仕事をしている限り、誰にも文句は言わせない」

「たったいまも仕事中だというのか?」

「あんたと同じくらいにはな。じゃ、またあとでな!」

ウィルバーはプロボクサーみたいに、鼻を親指でさっとはじくと、小走りでビルの外へ出て行ってしまった。ジョニーは首を振った。

「血の気の多い小男だな！」

「あいつ、おれの体をよじ登っていきそうだったぜ」サムがくっと笑った。

「あいつのこと、いずれおまえがぶん殴ることになりそうだな。さもないと、なんか面倒をおこしてくれそうだよ。で、ユリシーズは明日走るわけだ」

「そうだな。そして、運のいいことに、おれたちには彼に賭ける金が一セントもないときた」

「おや、そうかな。ユリシーズにはときどきレースで勝ってもらわないとな。そうでないと、競走馬とは言えんだろう」

「言うやつなんているか？」

「ジョー・シブリーは彼のことを信頼してたんだ」ジョニーはエレベーターから離れた。「さあ、行こう」

サムはうなった。「まだ、いんちき〝知りたがり屋レポーター〟のままでいるつもりか？」

「もういいや。これからヘレン・ローサーのところへ立ち寄って、お茶の一杯でもごちそうになろうかと思うんだ」

「ふん、お茶かよ？」

「お茶だよ」

外に出た二人は、五番街を渡って四十五丁目に入り、八番街まで歩いていった。そこで右折して、エルカミーノ・アパートメントまで行ってみると、そこにあったのは、みすぼらしくてエレベーターのない五階建ての共同住宅だった。外壁がかつてはスタッコ塗りだったようで、だからスペイン風の名称がついているのだろう。

玄関の広間には郵便受けがずらっと並んでいて、住居エリアへ入るドアは本来、電気仕掛けで鍵が開閉されるはずなのが故障中らしく、ドアを押しさえすれば出入りできた。だからジョニーは、郵便受けを見てヘレンの部屋が四Cだと確認してから、ドアを押し開けたのだった。

階段を苦労して昇りだすと、サムが言った。「ヘンだよな、彼女こんなしけたところに住んでいるくせに、昨日あんたが傷つけた、あんなでかい車を持っているなんて」

「サム、いままさにそれを言おうとしたところだよ」ジョニーが声をあげた。「そのことも、彼女に尋ねるつもりだよ」

二階に上がると刺激的なにおいがしてきた。誰かがブロッコリーを料理しているのだ。三階に上がると玉葱のにおいが勝った。四階は消毒薬のにおいに占拠され、足下では虫があたふたと動きまわっていた。

四C号室のドア横にブザーはあったが、〝故障中〟と書かれたカードが貼ってある。ジョニーは戸板をノックしながら、ひび割れたペンキの下から金属製の被膜がのぞいているのに気づいた。

室内からの反応がないので、ジョニーは思いきり力を込めてドアを叩いた。しばらくして、ヘレンが鋭い声をあげた。「ちょっと、いったいなんなのよ！」

「フレッチャーだ！」

「フレッチャー！　こんなところまで来るなんて、厚かましいわね！」

「あんたと話がしたかったんだよ、ミス・ローサー」

「こっちは話すことなんか何もないわ」

「いや、あるはずだ。遠慮するなって」

「遠慮しないでいいなら、あんたの顔に煮えたぎった湯をぶっかけてやる。さあ、帰ってよ」

ジョニーは手のひらの付け根あたりでドアをばしんと叩いた。「だったら、ドアを開けてくれるまで、ここに座り込ませてもらうぞ」

「そんなに長居はできないわよ、警察に通報してやるから」

「警察に通報したら、伯父さんの遺産の分け前にあずかれないぞ、ミス・ローサー。嘘じゃない。大事な話なんだよ」

ヘレンはドアチェーンがぴんと張るまでドアを開けた。

「そんなんじゃだめだ」ジョニーは言った。「中へ入れてくれ」

「一緒にいる、そいつは誰なのよ？　セントバーナード？」

「おれを怒らせるなよ、お嬢さん」サムがいらついて言った。

ヘレンはチェーンを外して、ドアを全開した。ジョニーとサムが入ったのは、簡易台所（キチネット）付きのワンルームだった。

「これでいいでしょ。大事な話ってなんなのよ？」

「ジョー・シブリーのことだよ。彼は馬に殺されたんじゃない。人に殺されたんだ」

ヘレンは顔色一つ変えず、ジョニーをじっと見て言った。「そんなこと、昨日からわかってたわ」

「どうしてわかった？　警察でさえ、まだ知らないことだぞ」

「ジョー伯父さんが心配してたのを知ってたわ。彼がわたしにそう言ったもの」

「いつだ？　競馬場でか？」

「そうよ」

「なぜ彼が秘密を打ち明けたんだろ？　その時点では、あんたが姪とはわかってなかったはずだ」

ヘレンがいらだち始めているのが見て取れた。「ミスター・フレッチャー、わたしを尋問するためにここに来たのなら、時間の無駄よ。わたしの代理人に会うといいわ」

「チャールズ・コンガーのことか？　どこに行けば会えるんだい？」

「彼のオフィスよ、もちろん」

「どこにある？」

「電話帳で探しなさいよ。弁護士はたいてい電話を持っているものよ」

「ここに来たら会えるかもしれないと思ったんだ」

「なんですって？」

ジョニーは灰皿に手をのばすと、煙草の吸いさしを拾い上げた。まだ温かかった。彼はそれに目をやり、次にヘレンを見た。

「わたしが吸うのよ」彼女の目がきらりと光った。

「これには口紅がついていないぜ」ジョニーが言った。「しかも温かい」

ヘレンが腹立たしげに声をあげた。「ミスター・フレッチャー、あんたの第一印象は、はっきり言って悪かったけど、それ以来、どんどん悪くなっているわ。もう話が終わったんだったら……ごきげんよう」

ジョニーがいきなり、すりきれたモリス式安楽椅子に座り込んだ。苦笑いして彼女に言った。「水の一杯でももらえないかな？」

男がひとり、洗面所から飛び出してきた。アイロンのかかっていないグレイフラノのスーツに、シミのついたシャツを着て、頭には薄汚れたパナマ帽をかぶっている。歳は五十代半ばくらいか。

「さっさとここから出ていきやがれ！」男は唇をほとんど動かさずに言った。

「まさかと思うが」ジョニーは指を鳴らしながら言った。「あんたの名は、ローサーかい」

ヘレンは驚きで息が止まりそうになった。「どうして……？」

「けさ、アルバート伯父さんとやらが、ついぽろっと話してただろ。ほら、あんたのママを見捨てたパパがいたって……」

ローサーがフランネルの上着の、たるんだポケットに手を突っ込み、革を巻きつけた棍棒（ブラックジャック）を抜き出した。「おれは、てめえみたいな小賢しい連中に対抗するために、いつもこれを持ち歩いているんだ」

サムがジョニーとローサーの間に立ちはだかった。ヘレンが叫んだ。「だめよ、父さん……！」

ローサーが棍棒を握る手を振りあげたかと思うと、ためらいなく殴りかかってきた。振りおろされた前腕をサムがすかさず鋭くはねあげる。ローサーの手から棍棒が宙を飛んで、部屋の反対側にあるラジエーターに、鈍い音を立ててぶつかった。

ローサーは悲鳴をあげ、痛めた前腕を反対側の手でつかんだ。「くそっ……」

「ひどいことするねえ」ジョニーがたしなめた。「お子さんの前で毒づくのは、おやめなさいって」

「こっから出てけ！」ローサーがしわがれた声で叫んだ。「さもないと、殺すぞ」

「まだ棍棒があるのか？」サムが尋ねた。「出してみろよ！　全部だめにしてやる」

「ねえ、出てってちょうだい」ヘレンが懇願した。

「わかった」ジョニーは言った。「出ていく前に、一つだけ教えてくれ。お父さんのファーストネームは？」

「何をいったい……いいわ、わかった。エドワードよ」

「エドか」ジョニーはうなずくと、立ち上がって戸口を目指した。サムがあとに続いた。エド・ローサーは、出ていく二人に向かって捨て台詞を吐いた。

「おれの名前がわかったんだ。忘れるなよ。いずれまた、会うことになるだろうよ」

「もちろんさ」ジョニーは切り返し、部屋を出ていった。

廊下に出たところで、サムがジョニーの腕をぐいとつかんだ。「エドだってよ！　それってジョー・シブリーに会いにきた男の名前だぞ」

「ウィルバーの話が正しければだ。ところがおれは、ウィルバーにはちょっとがっかりしているんだ」

サムが鼻で笑った。「あいつのこと、気絶するまでぶん殴ってやるか」

「おまえに任せることになるかもな、サム。おれはあの男をみくびっていたんだ。あいつは単純だけど信頼できる元騎手だとばかり思っていた。だが、そんなに単純でもないし、そんなに信頼できる男でもないと思い始めてきたよ」

「そのうえあいつは、パット・シーのことを、ユリシーズをうまく乗りこなせていないと文句を言っていたぞ。おい！　やつはウィリー・ピペットがシーを取り込んでいるとかなんとか言っていなかったか？」

「たしかに、そんなふうなことを話していた。おれはうっかりしていたよ、サム。ウィルバーと出くわしたあのビルには、ピペットの事務所が入っているじゃないか。くそっ、あの連中が、そんなに反社会的でないことを祈るしかないな」

このときまでには、ジョニーとサムは通りを下っていた。四十五丁目を渡り、東へ向かった。タイムズスクエアまで来て、高くそびえるパラマウントビルにある大時計にジョニーが目をやると、四時を過ぎていた。

「いまからじゃ、ジャマイカ競馬場は遅すぎる。出かけるのは、明日の朝にしようぜ」

サムはジョニーを疑わしげな目で見た。「今夜はもう、出たとこ勝負はいっさいやる気はないんだよな？」

「おれは、ゆうべから何一つうまくいってないからな」

「おれもだよ」サムは心の底から言った。

第九章

二人は〈四十五丁目ホテル〉にたどりついて中へ入った。部屋のドアは鍵がかかっていたから、鍵穴にキーを差し込みドアを押し開けたとき、ジョニー・フレッチャーは完全に油断していた。

室内にある安楽椅子に、レフティが座っている。かたわらのベッドには、あの日の夜、ポーカーに参加していた男のひとりがいた。

ジョニーは後ずさりしはじめたが、こんな狭いところでは、とっさに身をかわして銃弾を避けるのは無理だと気づいた。

「やあ、兄弟」ぎこちない口調になった。

サム・クラッグがジョニーを押しのけて言った。「どうやってここに入ったんだ？」

「合鍵を使ったのさ」レフティが言った。「二十五セントあれば、どこでも手に入るぜ」

ベッドにいた男が体を起こした。「一時間近く待ったぞ。ウィリーから、現ナマがあるか確認してこいと送り込まれたのさ」

ジョニーはうっすら苦笑いを浮かべた。「来るなら言ってくれりゃよかったのに。金は今日の午後、銀行に持って行っちまったんだ」

「金を保管するのに銀行は最良の場所だからな」レフティが言った。「二人に金を見せてやんなよ、アーニー」

アーニーと呼ばれた男が内ポケットに手を突っ込み、薄い札束を引っぱり出した。「千三百八十だったよな、あんたの儲けは？」

ジョニーはその金をしげしげと見て言った。「どんな罠だ？」

「罠なんかないさ」アーニーが言った。「ウィリーは、これまで生きてきたなかで、人との約束を守らなかったことなどない。あんたが堂々と勝ち取った金だ。ほら、受け取れよ」

サムが大きな手をのばすと、アーニーは手を引っ込めた。

「だろうと思ったよ」ジョニーが言った。

アーニーが声をあげて笑った。「ウィリーは、あんたに見せろと迫った九百ドルの金のことは水に流すそうだ。この金はあんたにやると言っている」

「承知した。おれによこせ」ジョニーが言った。

アーニーは親指の腹を舌で湿らせると、札束をぱらぱらめくってみせた。「いい音だろ、なあ？」

「それはチーズじゃないぞ」ジョニーは言った。「しかも、おれは鼠でもないし、あんたは間違っても猫には見えない。はっきり言えよ」

「ウィリーがあんたのことを調べた。あんた、馬を持っているよな」

「あれを馬と呼ぶかは、人による」

「おれたちは馬と呼ぼうぜ。あんた、ウィリーの商売のことは知っているな？」

「カモから金を巻き上げること」

「違う」アーニーはまじめな顔で言った。「ウィリーは実業家だ。元締めだよ。私設馬券屋はまともな商売だ」

「おまわりの前でも、胸を張って言えるか？」

アーニーは肩をすくめた。「けっこうたいへんな商売なんだぜ、兄弟。どういうもんかは知ってんだろ？　賭けには思い切りが必要だ、だが一方で人は、負けに備えて保険をかけようとする。映画スターが自分の脚に百万の保険をかけるみたいな――」

「要点だけ言えよ、アーニー」レフティが口をはさんだ。

アーニーは相棒に面白くなさそうな視線を向けた。「鞭の打ち方を教えてやろうか、レフティ？　おまえが自分の落とし前をうまくつけてりゃ、おれだって自分のことだけやっているさ」

「おまえはしゃべりすぎなんだよ、アーニー。ウィリーからもそう言われてるだろ」

「おれはしゃべるのが好きなんだ」アーニーはどなった。

「おれもだ」ジョニーが言った。「だが、おれは聞き下手でね。おれが馬を持っていることと、ウィリーが賭け屋をやっていることはわかった。その先を続けろよ」

「おお、そこだよ！　あんたの馬は明日走ることになっている」

「そう聞いている」

「間違いない。そして高額な払戻金を出すことになる……勝てば」

「百対一のオッズがついた日もあった」ジョニーは言った。「つまりだ、彼が勝てば大金が払われたかもしれなかった。だがあいにく、彼は勝てなかった」

「ミスター、この金は実質的にはあんたのもんだ。ユリシーズは明日の第三レースに出る。第三レースには何頭出るか知ってるか？」

「いや、あんたは知ってんのか?」

「もちろん。八頭が登録しているが、そのうち三頭が出走を取り消した。残るはたった五頭、ユリシーズとその他四頭だ」

「むむむ。他の四頭というのは?」

「ブラウニー、レスターリーチ、ブルーシルバー、そしてマチルダMだ。人気馬はブラウニーとレスターリーチだ。この二頭がスタート地点につく頃には二対一か八対五になるだろう。ブルーシルバーは複勝で四ドルほどつくだろうし、マチルダMを買う連中は八対一は堅いと踏んでいる」

「で、ユリシーズは?」

アーニーがくすっと笑った。「五十対一をつけたが、いまだ誰も賭けていない。よう、これっておいしいレースじゃねえか! 猫も杓子も人気馬に賭けてて、いつもなら大穴狙いの客でさえ、ユリシーズに賭けてねえんだよ。複勝が二ドル売れただけだ」

「おれが二ドル買わないとな」ジョニーは言った。「それに、おれはいつだって自分の馬に賭けたいね。あんた、おれに代わって賭けてくれるのか?」

アーニーが千三百ドルの札束で自分の膝を叩いた。「カードだ! カードを出せよ、レフティ」

「ひと勝負やるか、なあ、アーニー」ジョニーが言った。

「すばらしい! じゃ、取引は成立だな?」

「もちろん」ジョニーは言った。「えっ、何の話だ?」

「レースだよ。みんながブラウニーやレスターリーチに賭ける。その二頭が勝てば、おれたちは負ける。ユリシーズが勝てば、あらびっくり、二ドル馬券が数枚売れただけ」

「ユリシーズに期待していいよ」ジョニーが言った。「彼はいつだって全力を尽くして勝とうとしている。もちろん、まだ勝ったことはないが、いつか勝つ日がくる……」

「それが明日なんだ」

「いいね！　おれに二ドル馬券を買ってくれるのか？　複勝に？」

アーニーが首を振った。「単勝だよ、兄弟。ここに千三百八十ドルある。それを一ドル残らずぶっこんでくれ。もちろん、パリミューチュエルでだぞ。締切一分前にだ。そしたら一万ドルになるぞ」

「どうしてそうなる？　あんた、ユリシーズは五十対一と言ったじゃないか」

「それは馬券屋のつけるオッズだ。でも、あんたが千三百ぶっこめば、パリミューチュエルの倍率が下がるんだ。十倍くらいにな」

「そんなのおかしいぞ」サムが割り込んだ。

「それが現実ってもんだろ？　それが、みんなのためのパリミューチュエル式だ。かつては、賭け屋がオッズをつくっていたし、オッズと賭け屋は切っても切れないものだった。だから客たちは賭け屋は公正じゃないとか、ぶうぶう文句を言ってパリミューチュエル式馬券を買い、いまや競馬場が手数料の十パーセントと配当金の端数切捨てをやってのけたあとに、集めた賭け金を分配する」

「やめろ、おれに悲鳴をあげさせる気か」ジョニーが言った。「要点を言ってくれ。レースにはユリシーズ以外に四頭の馬が出走する。ユリシーズが他の四頭に勝てるとする根拠はなんだ？」

アーニーが鼻息を荒くした。「問題はそこだ。あんたは、自分の馬が信用できないんだろ？」

「レースでは何が起こってもおかしくないからな」

「そのとおりだよ、兄弟。競馬は一日に七から八レース、開催期間がほぼ四週間となれば、二百近いレースがある。競馬がどういうものかわかるよな。公正だよ。それは〈ジョッキークラブ〉があらゆることをチェックするからだ。連中は騎手たちを厳しく監視する。レースの前後で検量し、〝引っぱり〟のたぐいが発覚すれば、その騎手を競馬場から追放する。なんとまあ、騎手は自分で馬券を買うのも許されない」

「厳しいよな」ジョニーは、共感めいた表情を浮かべて言った。

「まったくだ。来る日も来る日も、最善を尽くして、客たちに金の価値を教えている男たち、それが騎手だ。それでいて彼らへのご褒美は？　はした金（ピーナッツ）だぜ」

「あんた、話がまたそれてやしないか」ジョニーは冷ややかに言った。「結末にたどり着く頃には、おれはぐっすり眠っているような気がするよ。結論はなんなんだい？」

「このレースは八百長だ」レフティが割り込んだ。

アーニーが言った。「チッチッ、レフティ。そんな言い方はなしだぜ。騎手くらい公正な連中には、ほかではお目にかかれんのだ。だが、今週のレースが終われば、連中にはお小遣いが必要だ。となるとやつらは、内輪で何かやらかそうと企む。だろ？　とどのつまり、連中は百回中、九十九回はまっとうなレースをやる。あんたは、二百回中、百九十九回はまっとうに乗るやつがいるってことを、おれに示してくれりゃいいんだよ」

ジョニーが片手をあげて、話をさえぎった。「つまり明日のレースは、連中が不正をやる、たった一回のレースになるっていうのか！　ユリシーズが勝つように走るっていうのか？　そりゃずいぶんとまあ、気前がいいんだな。だけど教えてくれよ、アーニー。おれにはよくわからないんだ。おれはまだ――」

「問題はだな」アーニーが言った。「この取引を邪魔しようとするやつがいるってことだ。で、ボスはおれを送り込んで、あんたにレースのことを教え、この札束を賭ける機会を与えて、あんた自身がより大金を得るようにしてやるというわけだ」アーニーが咳払いをした。「ユリシーズに、パット・シーを乗せてやってくれ」

ジョニーは肩をすくめた。「この前も騎乗したやつだな」

「そのとおり。シブリーがいつも彼を雇っていた。だから他の騎手たちは、明日のユリシーズにはシーが騎乗すると思っている。ところが、乗るのは自分だと触れまわるチンピラがいるんだ」

「それは誰だい?」

「ウィルバー・ガンツだ」

「あいつがユリシーズに乗る?」

「はあ? おまえさん知らないのか……?」

「ああ。そんな話、いま初めて聞いたよ」

アーニーが声をあげた。「だがうちのボスは、あの馬にガンツを乗せようとしているのはあんただと思っているぞ」

「そんなことは、まったく知らなかった」

アーニーはちょっとの間、顔をしかめていた。「だが、これで知ったわけだ。だからあんたは、ガンツを引っ込めてくれればいい」アーニーがまたもや、札束をぱらぱらめくり、ジョニーの目の前で扇のように広げてみせた。「ほら、これがあんたが勝ち取った金だ。受け取るだろ?」

ジョニーは金を受け取った。「おれが勝ち取った金だ――ポーカーでな」

「そのとおり」とレフティ。

「それじゃ、おれはボスに、ユリシーズに乗るのはシーだと言っていいんだな?」とアーニー。

「ウィリー・ピペットにはこう言ってくれ。ユリシーズは一着になるために走るつもりだと」

アーニーはうなずきかけて、途中でやめた。「それじゃあ、ちょっと話が違うんだよ。おれたちは、あの馬にはシーに乗ってもらいたいんだ」

「シーが乗るだろうな」

「すばらしい」

アーニーは戸口に向かって歩き出した。ジョニーがレフティのほうを見ると、彼はまだ窓際にある椅子に座ったままだ。ジョニーはアーニーを呼び止めた。「おい、忘れ物だぞ、レフティがいる」

「いいや。彼はボスの指示で、レース終了までおまえさんたちに張りつくことになっている。万全を期すためだ」

レフティがにやっと笑った。「サプライズだ!」

「とんだサプライズだぜ。ここから出てけよ、レフティ」

「ウィリーから張りつけと命じられた。おれはウィリーに雇われている」

「だがおれは、雇われていない」

「いや、おまえも金をもらった」

「違う」ジョニーは言った。「アーニー、レフティを連れて帰ってくれ。さもないと、明日はユリシーズにウィルバーを乗せるぞ」

アーニーが口をゆがめた。「なあ、フレッチャー。おれたちはただ、この取引を最後までしっかりやりとげたいだけ――」

「レフティを連れていけよ！」

アーニーは一瞬ためらったものの、やがてため息をついた。「行くぞ、レフティ」

レフティは立ち上がり、ドアのほうへのっそりと歩いていった。そこで彼は振り返って言った。

「一つ言っとくよ、フレッチャー。おれたち、一緒に楽しくやっていけると思ったんだがな……おれにしちゃ珍しいことなんだぜ」彼は部屋を出ると、振り返ることなくドアを閉めた。

サムが部屋を横切り、身震いした。「ああいう連中は虫が好かないぜ、ジョニー」

「おれもだよ、サム。だが、連中は借金をちゃらにするってよ」

「ってことは、なあ、八百長レースをやらせる気か？」

ジョニーが短く笑った。「八百長レースってなんのことだ、サム？」

「さっきやつが話していたじゃないか……」

「なあ、シブリーはユリシーズを勝たせるために出走登録したんだ。馬が出走登録されたなら、勝つために最善の努力をすることが期待される。公正っていうのはそういうことだろ？　だったらユリシーズは、今度のレースを勝つつもりでいる、だろ？」

「そうだが……」

電話が鳴ったので、ジョニー・フレッチャーはベッド脇にある電話台に近寄り、ひったくるように受話器を取った。「もしもし」

「ミスター・フレッチャーかね」太い声がした。「ベン・クリーガーだ。気がかりなことが起きてしまったよ。あの遺産の件で訴訟がおこされた。その件で、きみと話をしなくてはならない」

「わかった。明日の朝、そっちへ急行するよ」

「それには及ばん。下のロビーに来てるんだ。部屋番号を教えてくれ」

「八二一号室だ」

「いまから行く」

ジョニーは受話器をフックに戻した。「判事だったよ、サム。これから部屋に来るってよ。おれたちは訴えられたそうだ」

「へえ、そりゃ初めてだな。おれたちはずっと苦しい目にあってきた。ムショにぶち込まれたり、指名手配されたこともあった。だけど、裁判で訴えられるなんて高級な目にあうのは初めてだ」

「それだけ、おれたちが出世しつつあるってことだ……判事さんか、入ってくれ！」

クリーガー判事は部屋に入ると、古びてみすぼらしい家具調度に囲まれた室内をぐるっと見回し、不機嫌そうに顔をしかめた。「わたしが町なかに出ようとするタイミングで、訴状が届いたんだ」

「誰に訴えられたんだ？」

「集団訴訟だ」

「親族一同か？」

「そうだ。シブリーの姪だと主張するあの娘とアルバート・シブリーだよ」

「エド・ローサーはどうした？」

「はあ？」

「彼も訴えたんじゃないのか？　それとも、あんたは彼が現れたことを知らないのかい？」

クリーガー判事が鼻を鳴らした。「あの娘とアルバート・シブリーのことすら、わたしは今日まで知らなかった。ジョーはわたしに、自分には身寄りがないと信じ込ませていたんだからね。そもそも、あんな特殊な遺言状を作成したのも、彼には身内がまったくいないことに因っていたわけだ。というよりも、身内は皆無だと彼自身が思っていたのだよ」

「ウィルバーはどうなんだ？　訴えていないのかい？」

「なぜ、彼がわざわざ？」

「いや、理由なんかない。ただ、訊いてみただけだ。やつも、遺言状には満足していないように思えたんでね」

「ウィルバーに不平を言う理由などないはずだ。故障した元騎手には……」

「もう〝元〟なんて言ってられないぞ、判事。ウィルバーは騎手へのカムバックを狙っている。少なくとも、本人はその気だ。そうそう、やつのことで二、三、訊きたいんだが」

「おやすいご用だ。だが、訴訟の件をまず優先させてくれ。訴状が出されたことで、遺産の差し止め命令が下った。どういう意味かわかるかね」

「わかるもんか」

「つまり、係争中は遺産を一セントたりとも使えない、ということだ」

「おい！」ジョニーが声をあげた。「そりゃ、ひどいぜ」

「おや、そうでもないぞ。実際のところ、きみにはそんなに影響はないはずだ」

「いや、大ありだよ。ユリシーズは明日のレースに出ることになっている」

「レースには出られる。出走料は先週のうちに支払い済みだ、次の金曜のレースまではね」

「つまり、ユリシーズは次の金曜も走ることになっているのか？」

「そうだ。ウィルバーから聞いていないのか?」

「あいつは、何一つ報告してこないんだ。だからおれは、やつのことで確認しておきたいことがあるんだよ。そもそも、おれはジョー・シブリーの相続人だと、あんたから言われた。だとしたら、馬の管理責任を任されたのはおれだけのはずだよな。ところがだ、どうやらおれは、あの馬に関していっさい口出しできないようなんだ」

「おお、そんなことはない。ユリシーズは、完全にきみに託された馬だ」

「だったら、おれはウィルバーに指図していいわけだな?」

「もちろんだ」

「ウィルバーは、おれがボスだとわかっているのか?」

「わかってもらわないと困るね」

「そのことをもう少しはっきりさせようぜ。もしウィルバーが、ユリシーズに騎乗したいという、ばかげた考えをもったとしよう。かたやおれは、別の騎手を起用したほうがいいと考えたとする。どっちの決定が物を言うんだ?」

「きみのだ」

「それがわかれば、おれはもうじゅうぶんだ」サムが言った。「あの若造に会うのが待ちきれないぜ」

「ウィルバーと何かあったんだな?」

「ぜんぜん」ジョニーは楽しげに言った。「万事順調だよ。ユリシーズが明日出走し、勝てばおれには賞金が手に入る、だろ?」

「そのとおり。ただし、この件で言えば問題がまだある——きみが遺産を勝手に使うのは禁じられている。もちろん遺産を売却するのもだめだ——たとえば、あのステーションワゴンのことだが」

「おやまあ、おれがいま乗ってるってこと、ウィルバーから聞いたのか。つまり、あの車を使うなってことかい？」

「使うのはかまわんが、売却はだめだ。それから今日、飼料販売店から配達された飼料も返品する。きみはちょっと、その、ユリシーズに対して熱を入れすぎたようだな。飼料の備蓄はたっぷりあるし、出走料についても二週間分までは支払い済みだ」

「オーケー、判事。なんとかやり切るよ。それにほら、ユリシーズは明日走るんだ。彼は勝つからさ。二、三百ドルくらい賭けておきなよ」

「おお、わたしは馬には賭けないんだ。賭けごとは信用してないもんでね」

「これだったら安全確実だよ。博打にもならないぜ」

第十章

鳴り響く電話の音に、ジョニー・フレッチャーの深い眠りはさまたげられた。ベッドの上掛けの下から、彼は片手をのばして受話器を取った。「はい？」

「四時です」耳元で声がした。

「だからなんだ？　おれが真夜中に人を電話で呼び出して、時刻を告げたりすると思うか？」

「四時に起こせと頼んできたのはあなたですよ」

ジョニーは目をしばたたいた。「おれが？　そうか、ありがとう」

電話を切り、開いたままの窓のほうを見た。外は真っ暗闇で、室内はじめじめして冷え込んでいる。彼はぶるっと震えて、寝具をすばやくはねのけた。そして、もう一つのベッドに近寄り、サム・クラッグがつくる、こんもりした山をぴしゃっと叩いた。

「起きろ！」

「あっちへ行けったら」サムがごにょごにょと寝ぼけて応えた。

ジョニーは窓を閉めに行ったが、突然、はっとして、すっかり目を覚ました。「サム！」声をあげた。「霧だ！　切り取れるほど分厚いぞ」

サムが上掛けを巻きつけたまま、体を起こした。「霧なんて、珍しくもねえよ」

「だが、こんなのは初めてだ。おまけに今日はユリシーズが走るんだぞ」

「走らせればいいじゃないか」

「そのつもりだよ。おまけにおれたちは、今朝の調教を見にいくんだ」

サムがうなった。「了解、朝になったら起こしてくれ」

「もう朝だ」

「バカ言うな。外は穴倉みたいに真っ暗だぞ」

「いまは朝の四時だ。馬の調教は、朝の四時とか五時頃にやると決まっている」

「なんて仕事だよ！　なんでおれたちは、昼頃まで寝ていられる仕事にありつけないのかね！」

「おっと、サム！　もらいもののあら捜しなんてするもんじゃないぞ」

十五分後、ジョニーとサムはホテルのロビーに下りた。

夜勤のフロント係が二人を見て仰天する。「眠れなかったんですか？」

「そのとおり」ジョニーは言った。「だが、おれたちはホースマンだからな。走路(トラック)に出向いて、わが厩舎の朝の調教を見にいかねばならん。ガレージに電話して、おれのステーションワゴンを玄関前に回すよう言ってくれないか？」

数分後に回ってきた車に、ジョニーとサムは乗り込み出発した。車がイースト・リバー・ドライブに入ったところで川のほうに目をやると、かろうじてそこに川があるらしいとわかる。ドライブ沿いに立ち並ぶ街灯の強烈な光が濃い霧を突き刺すが、川は分厚い霧の壁に覆われたままだ。

トライボロ・ブリッジを渡る頃、サムが体を震わせて言った。「こんな濃霧じゃ、馬を走らせられないだろう」

「まもなくお天道さんが昇るぞ、サム。そうしたら、あっという間に蹴散らされてしまうさ」

「どうかなあ」

ジャマイカ競馬場の外にある駐車場に車を入れる頃には、ジョニーも疑いをもちはじめていた。時刻は五時三十分、霧はとても厚く、自分の足下すら見えないほどだ。己の視覚よりも記憶と手の感触を頼りに、ジョニーはクラブハウスを目指していった。

そこはもちろん、鍵がかかっていたけれど、壁伝いに右へ進んで、突きあたった柵をよじ登った。柵の内側には出張馬房がいくつも並び、馬たちの足を踏み鳴らす音や、調教師や調教助手たちの声があちらこちらから聞こえてきた。

二人はゆっくりと進んでいって、十三番の馬房にたどりついた。馬房の扉の上半分だけが開いていて、内部では明かりが灯っている。

ウィルバー・ガンツが、ユリシーズの艶のある脇腹にブラシをかけてやっていた。

「よお、おはよう」ジョニーは声をかけた。「調教の準備中かい？」

ウィルバーがぱっと振り向き、顔をしかめた。「ここで何をしているんだ？」

サムが声をあげたが、ジョニーはサムを肘で小突いて言った。

「おや、おれは馬房を間違えたかな？　ユリシーズという名の馬を探しているんだが。おれの馬なんだよ」

「どういうつもりだ？」

「つもりも何もないぜ、あんちゃん。おれは夕べ、管財人と話をしてね、ユリシーズは間違いなくおれの馬だと念押ししてもらえたんだ。わかったかい？」

「で?」

「で、おれはこう考えた。今日みたいなすばらしい朝、ユリシーズにどれだけの力があるか見せてもらおうじゃないかと」

「こんな霧じゃあ、ユリシーズを走らせるわけにはいかないぜ」

「どうして?」

「危険すぎる。つまずくかもしれない」

ジョニーは頭を傾げた。「おれの聞き間違いかな? それとも、この心臓の鼓動が激しくなっているんだろうか? おれには、馬場のほうから調教中の馬の足音が、いくつも聞こえてくるような気がするんだ」

ジョニーの背後から、か細い声がした。「ミスター、ぼくがユリシーズに乗りますよ」

ジョニーが振り向くと、歳は十四、五といったくらいの、痩せた顔のやる気ではちきれそうな若者がいた。「きみは騎手かい?」

「見習い騎手(アプレンティス)です」

ウィルバーが近づいてきて、馬房の扉のほうを見やった。「出てけよ、小僧(ソニー)」

「ちょっと待った」ジョニーが言った。「きみの騎乗回数は?」

若者は顔を赤らめた。「えっとですね、ミスター、ぼくはその、まだ厳密に言うと……」

「こいつは、ただの調教助手だ」ウィルバーが口をはさんだ。

「見習い騎手だよ!」〝小僧〟が叫んだ。「誰よりも上手に乗れます。ただ、誰もチャンスをくれようとしないだけなんです。ユリシーズのことはわかってます、ミスター・フレッチャー。ジョー・シブリーがユリシーズに何回も乗せてくれました。だけど、もう……」

「よし、小僧。きみはなんて名前だ？」

「ソニー・ウィルコックスです。本当は〝ソニー〟って名前じゃないんですが、みんなからそう呼ばれてます。ほら、ソニー・バストロップみたいだってことで」

「きみがバストロップ並みに上手だとわかるかもしれないな」ジョニーは言った。「きみにチャンスをやろう。ユリシーズに乗ってみな――上手にな」

「だめだ！」ウィルバーが声をあげた。

「何がなんでも反対か？」サムが尋ねた。

ウィルバーが毒づこうと口を開いた瞬間、サムに馬房の扉を開けられてしまった。「わかった」彼は低くうなるように言った。「こいつを乗せな。それでもし、ユリシーズの脚を折ったりしたら――やっぱり、あんたがわざとやらせたんだと断言してやる……」

「やっぱりって、どういう意味だ？」ジョニーが食ってかかった。

ウィルバーが後ずさりしながら言った。「とぼけんな」

「いや、本当にわからん」

「遺言状だよ。判事が遺言状のことでなんて言ったか、おれだって聞いてるんだぜ」

ジョニーは舌先で唇を湿らせた。「そんなこと、おまえには関係ないよな、ウィルバー。おまえはおまえのことだけ気にしろ、おれのことはおれが気にする、だろ？」

「おれにだって関係があるさ。見くびってもらっちゃ困るぜ。ある弁護士に聞いたんだ。おれがこの仕事をできるのは、この馬が生きているあいだだけだとさ。そんなおれが、ユリシーズが脚を折って再起不能になるのを望んでいるとでも思ってんのか？」

「まさか、おまえさんに限ってそんなことはないと思っている。だが責任はおれにある。ユリシーズの実力を知る権利がおれにはあるんだよ。朝に調教をやるのは決まっていることだ」

「いいですよね、ミスター・フレッチャー？」ソニーがじれったそうに尋ねた。

「いいよ、ソニー。しっかり乗ってくれ。で、おれは時計を測る。おっと、それで思い出した。おれはストップウォッチなんて持ってないんだ。ここにはあるか、ウィルバー？」

ウィルバーが箱の一つに近寄り、蓋を開けて中を引っかきまわした。そしてジョニーに向かって、手にしたストップウォッチを放り投げた。

数分後、ジョニーとサムはトラックの馬場柵のところに行き、ユリシーズにまたがるソニーと合流した。この頃には、霧が少し晴れたのか、あるいは太陽が顔を出したのかもしれない。いずれにしても、さっきまでの暗さはだいぶ薄れていた。

「ぼくがスタート（オフ）と呼びかけます」ソニーが言った。「そしたらストップウォッチを押してください。で、この標識（スポット）に到達したら、再び押してください。よろしいですか？」

「オーケー、ソニー」

ユリシーズに乗ったソニーが霧の中へ走っていくと、人馬はほとんど見えなくなった。ジョニーはストップウォッチをしっかり握り、親指を竜頭（ステム）にかけた。

「スタート（オフ）！」ソニーが叫んだ。

ジョニーがストップウォッチを押した。背後からだみ声がした。「いたぞ！」

ジョニーは振り返った。ウィリー・ピペットがレフティとアーニーを脇に従えて、こっちに近づいてくる。全員がストップウォッチを手にしていた。トラックでは、ユリシーズの蹄(ひづめ)がダートを叩きつける鈍い音が響いてくる。

「あんた、誰を乗せたんだ?」ピペットが尋ねた。

「ただの見習い騎手だ」

「なんでパット・シーに調教させないんだ?」

「おれはパット・シーとは会ったこともないんだ」

「なんだと? アーニー、パットを連れてこい」

アーニーは霧の中へ消えて行った。ジョニーは居心地が悪くなり、柵に近づいた。ユリシーズはバックストレッチに入っていたが、蹄の音がかすかに規則正しく聞こえてくるだけ。

「今日の午後は、パットを乗せるんだな」ピペットは尋ねるというより断言した。

「ほかの誰よりもうまい乗り手だといいが」

「彼がうまいかどうかは問題じゃない」ピペットが鋭い口調で返した。「あんたは注文(オーダー)を受け取ったんだ」

「命令(オーダー)って、どういうことだ?」サムがうなるように言った。

「わかってるよな。連中があんたに金を渡した、だろ?」

「ああ、おれがポーカーで勝った金だ」ジョニーが言った。

ピペットがうなった。「ほら、来るぞ……!」

蹄の音がしだいに大きく鳴り響き、土手のように盛り上がった霧の中から、ユリシーズがぱっと飛び出し、ジョニーや他の連中の前を力強く走り去っていった。ジョニーはストップウォッチを押し、時計を見た。

「一分四十四秒と五分の一だ」

「一分四十三秒と二だ」ピペットがぶっきらぼうに言った。「見習い騎手だよな」

「そうだ。速いのか？」

「わかるだろ？」

「まあな。ただ、このトラックのことはよく知らないんだ。距離はどれくらいある？」

「ユリシーズがスタートした地点からだと一マイルと十六分の一。今日の午後、走る予定の距離だ」

ソニーが、ユリシーズをターンさせて、柵沿いに速足（トロット）で戻ってきた。「どうでしたか？」

「お見事だ、ソニー」

「ありがとうございます、ミスター・フレッチャー。ユリシーズは今日の午後、勝つ見込みがあると思いますよ。ああ、ぼくが乗れたらなぁ」

「そうだよな」ジョニーはそこまで言って、ぐっと自分を抑えた。「だが、残念なことに、もう騎手は決めてしまったんだ」

「わかってます」そう言ったものの、ソニーは物言いたげにしていた。「じゃあ、ぼくはユリシーズを中に入れてブラシをかけてやりますね」

彼は騎乗したままゲートをくぐっていった。

アーニーが、乗馬ズボンとブーツ姿の無愛想な小男を連れて戻ってきた。ピペットが声をあげた。

「パット、ジョニー・フレッチャーと握手しな」

パット・シーはジョニーに向かって、気のなさそうに手を出した。「やあ、どうも。あんた、なんでユリシーズを撃ち殺さないんだ？　やつはポンコツ馬だぞ」

「なんだって？」ジョニーが声をあげた。「てっきりあんたは——たしか、今日の午後に騎乗するんだろ？」

「それがどうした？」

「いまタイムを測ったところだ」

「で、やつは一分四十二を出したのかい？　あの駄馬は、調教ではいつもいいんだ。それで本番になると決まって崩れる。あいつは自分が食らう燕麦(えんばく)の価値もないぜ」

ピペットが咳払いをした。「落ち着け、パット。ミスター・フレッチャーはユリシーズを相続したんだ」

「らしいな。ろくでもないもんを相続したよな。ジョー・シブリーはちょっとおつむが弱かった。こんなポンコツ馬に大金をつぎ込むとはな！　すぐ一勝できる馬を二、三頭は買えただろうに」

「いい騎手を雇うことだって、できただろうにな」サムがむっとして割り込んだ。

パットが首をひょいと傾けた。「誰だい、このグレートデーンは？」

サムがでっかい手をのばし、パットの喉元をいきなりつかんで、その体を一フィートばかり持ち上げ言い放った。「大人への口のきき方を教えてやるぜ」

ジョニー、ピペット、それにレフティの三人がかりで、ようやくサム・クラッグの手から騎手を解放した。パットは地面に落ち、咳き込んで喉を詰まらせた。それからぱっと立ち上がって言った。

「いつか仕返ししてやるぞ、このゴリラめ！　いつかきっと——」

「黙れ、パット！」ピペットがどやした。

騎手はピペットを見たあと、背を向けるなり、霧の中へ駆け出していった。

「ハハハ！」ジョニーは声をあげて笑ったものの、愉快な気分ではなかった。

ピペットがかぶりを振った。「あんたを責めはしないよ、クラッグ。おれですら、あのひょろっとしたガキの話に耳を貸すたびに、やつの顔に平手打ちを食らわせたくなるからな。だが、やつがいないと困るんだ。だから今度のレースが終わるまでは、やつの首は切れないんだ」

「だったら、やつをおれに近づけないでくれ」

「もう町に戻るんだろう、フレッチャー？」ウィリー・ピペットが尋ねた。

ジョニーはうなずいた。「ここにいたって、午後まではやることがないからな」

「そのとおりだ。だがおれは、ほかの馬の時計も見たいんでね。連中を町まで乗せてやってもらってもかまわないか？」

ジョニーにすれば〝かまう〟と言いたいところだったが、ここで事を荒立てようとも思わなかった。

「ああ、かまわないよ」

アーニーとレフティは、ジョニーとサムのあとについて、ステーションワゴンに向かったが、町へ戻るまでのあいだは、車内で会話らしい会話もしなかった。

〈四十五丁目ホテル〉で全員が車を降りた。するとアーニーが、「軽く食事でもしないか？」と尋ねてきた。

ジョニーは胡散臭そうに彼を見た。「食事をするつもりはないねえ」

「そうか、ちょっとおれたちの話し相手になってもらえないかね？」アーニーがにやっと笑った。

「ボスのオーダーなんでね」

「だと思った！」ジョニーが声をあげた。「ちょっと調子に乗りすぎだぜ」

「まったくだ！」サムはそう言うと、レフティがコートのラペルに手を突っ込むよりも早く、相手を片手で押さえ込んだのだった。

第十一章

その日、太陽は雲に隠れたままで、霧のほうは晴れるどころか、正午近くにさらに分厚くなっていったように見えた。ということは、自分の手元は見えても、数ヤード先が見えるのは、ときおり風が吹いて霧をかきまわし、霞んだ中にぽっかり空洞ができるときだけだった。

さすがのアーニーやレフティでさえ、この日の午後、ジャマイカ競馬場で馬が走るのか半信半疑でいたが、彼らに電話連絡がきて、レースは〝晴雨を問わず〟開催されるとのことだった。太陽が照っていないのはほぼ間違いないのだから、霧は雨天扱いに分類されたわけだ。

午後一時直前に、ジョニー・フレッチャーとサム・クラッグ、そして彼らにつきまとう連中からなる四人組は、競馬場目指して出発した。ジョニーはアーニーからオーナーズバッジを渡されていて、場内を自由に出入りできる権利を得ていた。場内に入った一行は、厩舎に向かった。

ジョニーが最初に顔を合わせたのはソニー・ウィルコックスだった。その顔は汚れているなか、何本か筋が走り、まるでさっきまで泣いていて涙をぬぐったかのようだ。

「ミスター・フレッチャー」彼はジョニーを見るなり声をあげた。「ああ、よかった！　お会いしたかったんですよ――ぼく、お話ししたいことがあって」

「さっさと話しなよ、ソニー」

「内密の話なんです」ソニーは言った。「二人だけで話せませんか?」

「だめだ、だめだ!」レフティが言った。「うせろよ、ガキ!」

「おまえがうせろよ、レフティ」ジョニーが言い返した。

「へん!」

ジョニーはアーニーに目をやった。「あんたもだ。このあたりは、こんなに人がうじゃうじゃいるんだ、あんたらが何かしようったってできないし、それにおれは、あとを追いまわされてうんざりなんだよ」

「おれも同感だね」サムがうなるように言った。「それに、おれがあんたを見ててやるからさ、レフティ。おれが三つ数えるまでに……ワン……ツー……!」

レフティがはじかれたように、サムの脇を通り過ぎ、クラブハウス目指して駆け出していった。アーニーはそれよりのんびりした足取りで、相棒のあとに続いた。二人は、立ち並ぶ厩舎の端っこまで行って立ち止まったが、五十フィート以上離れていたからジョニーは気にしなかった。

「よし、ソニー」ジョニーが言った。

ソニーがサムに目をやると、ジョニーはうなずいた。

「パット・シーのことです」ソニーが切り出した。「彼がビリー・ブレットと話しているのを立ち聞きしたんです。二人はユリシーズに大金を賭けているって。ぼくは何のことかまったくわからなかったけど、彼らはユリシーズに何かする気です。不正で勝たせる気なんですよ。きっと興奮剤だ。そんなことをするなんてとんでもないですよ、ミスター・フレッチャー。勝利馬は必ず唾液検査を受けますから、ユリシーズが出走禁止になってしまいます」

「ああ」ジョニーは言った。「連中はユリシーズに興奮剤なんか与えないよ。今朝、調教したのはおまえさんだ。すごくいいタイムが出たよな。ユリシーズは薬なしで今日のレースに勝てると思わないか？」

「ええ、もちろんです。でもこのレースは八百長だ。ぼくは聞いてしまったんです、パット・シーがそんなことを言ってたのを。大儲けしようとするギャンブラーがいるんですよ」

ジョニーはポケットから五ドル札を取り出して、ソニーに渡した。「たしかに、このレースは八百長だ。ユリシーズが勝つ。この金で彼に賭ければ大儲けできるぞ」

「何を言ってるんですか、ミスター・フレッチャー！」ソニーが叫んだ。「あなたが八百長レースを？　まさか、嘘だ！　ああ、ぼくはてっきり――」

「なんだい？」

「あなたは公正な方だと思ってました。それに――」彼が黙り込んだ。パット・シーがいきなり近くの馬房から飛び出してきたのだ。こちらへ詰め寄り、小さな丸い目でソニーを見据えた。

「やっぱりおまえか、この告げ口小僧め」彼は歯をくいしばるようにして言った。「てめえのおしゃべりには、いいかげんうんざりだぜ、おれは――」

「おいっ！」サムが声をあげ、若い見習い騎手の前に進み出た。

パット・シーは立ち止まった。「このグレートデーンめ！　おれはずっと――」彼が右手をさっと振りあげた。その手には乗馬鞭が握られている。鞭が顔面に飛んできて、サムは痛みのあまり絶叫するのと同時に、ものすごい力をこめた握りこぶしをパットの顎に繰り出していた。騎手の体が後ろにすっ飛び、裏返って、馬房の手前二、三フィートの地面に落下し、ぴたりと止まった。ブーツを履いた足が、頭より二フィート高く馬房の壁にもたれている。彼はぴくりとも動かなかった。

ジョニーが駆け寄り、騎手のそばにひざまずいた。シーは失神していた。

ジョニーがうめくように言った。「まいったな、サム。レースが終わるまで待てなかったのか？」

「待てなかったのは、そいつのほうだ」サムがむっとして言い返した。「あんた、あの鞭が、ヒナギクをつなぎあわせた花輪にでも見えたっていうのか？」

「わかった、わかった。だがこいつはニシンみたいにのびちまったぞ。そのうち目を覚ましたとしても、ユリシーズに乗るのは無理だ。おまけに、こいつの顎が折れていたって不思議じゃないぞ」

「まーさか！　ちょっとお仕置きしただけだって」

「わかったよ。じゃあ、こいつを担いで、うちの馬房に運ぶんだ。ひょっとしたら正気づかせることができるかもしれない」

「彼はとっくにジョッキールームにいるべきなんです」ソニーが声をあげた。「そもそも、こんな時間に、こんなところにいる必要なんてないんですよ。しかも、八番馬房で何をしてたんでしょう？レスターリーチの馬房なのに」

サムが前かがみになって、気絶した騎手を百ポンドの小麦粉袋みたいにひょいと担ぎ上げた。十三番馬房まで運んでいくと扉を蹴って、声を張りあげた。「サプライズだぞ！」

ウィルバー・ガンツがぱっと前に出てきた。騎手服と帽子を身に着けている。「いったい、なんなんだ！」彼は叫んだ。

「まったくだよな！」ジョニーは言った。「こいつにバケツ一杯の水をひっかけてやってくれ」

「ぶちのめされたのか！」

「違う、眠っているんだ」

「無茶苦茶だな！」

「おまえもだよ、ウィルバー。もしおまえがユリシーズに騎乗する気でいるのならな」

ウィルバーは唇をなめた。「準備万端だ、万一に備えといたぜ。あんたとウィリー・ピペットがぐるだってことを騎手クラブの管理責任者に知られたくない、そう望んでるんだったらな」

「ウィルバー」ジョニーは言った。「おれは、おまえさんに同じレコードを繰り返し聞かされるのには、とことんうんざりしてきたよ。パット・シーに飲ませたばかりの、サムの手の甲という薬を盛ってやろうかと、本気で考えているんだ」

「ピペットがやってきて、おれにこう言ったぞ。あんたが、ユリシーズにはシーを乗せるつもりだとね。おれはこの前のレースの後にジョー・シブリーから、シーがいかさま師だと教えられた。あんたがあんな騎手を乗せるつもりなら――」

「いまやっちまうかい、ジョニー？」サムが、麦藁が敷きつめられた馬房の床にパット・シーの体を下ろしながら尋ねた。

「いや――いまはまだだ」ジョニーはため息をついた。「賭けようじゃないか、ウィルバー。しかも、おまえさんに相当に有利な条件でだ。ユリシーズはこれまで一勝もしていないが、このレースではきっと勝つ。必ずだ。もし彼が勝てば、それから以降、おまえさんはいっさい口を出すな。ユリシーズに関するいっさいについてだ。調教もレースも、その他すべてについて、おれの言うとおりにしてもらう。だが、もし彼が負けたら、そっくり同じことをおれに課すよ。ユリシーズに関するいっさい合切、おまえさんのやることにおれは口を出さない。おまえさんがボスだ」

ウィルバーの鼠みたいな顔がゆがんだ。「いまの話、一筆残してくれるか?」

「断る。だが約束はする。おれは自分でした約束を撤回したことはいっさいない」

「ほとんどない、だな」サムが修正を加えた。

ウィルバーは、シーのぐったりした体を見下ろして言った。「よし、賭けよう。だけど、誰がユリシーズに乗るんだ? シーはまるで使いものにならないぞ」

「ソニーが乗る……」

「ぼくが?」ソニーが叫んだ。

ジョニーはうなずいた。「ウィルバー、その服と帽子を脱いでくれ」

「あんたが賭けたんだぜ、フレッチャー」ウィルバーが言った。「約束は守ってもらうからな。小僧を乗せればいい」

「管理責任者に伝えなければなりません」ソニーが言った。「もう第一レースが始まります。急がないと……」

ジョニーがくるっと背を向けて、馬房を小走りで出ていくと、サムもすぐにあとを追っていった。走路のある方角から聞こえてくる大勢の客たちの叫び声は、馬の蹄(ひづめ)がダートを叩きつける音をかき消してしまうほど尋常ではなかった。

案内係に教えてもらった管理責任者のオフィスに着くと、ジョニーは自己紹介をして、「パット・シーに代わってソニー・ウィルコックスをユリシーズに騎乗させたい」と告げた。

クラブの責任者が眉をひそめた。「そんな重要な変更をするには、少々遅いんじゃないかね、ミスター・フレッチャー。騎手の交替は認めるが――でも、まあ、わたしの関知することじゃないし。とはいえ、ミスター・フレッチャー、それは賢明なことかい？　なんと言っても、シーは騎手としての経験を積んでいるが、このウィルコックス坊やは——」

「おれは勘に頼って行動しているんでね。この商売でおれは新参者だし、彼も新人だ。だったら……うん、そうだな、勘は勘としか言えないな」

「勘に頼りすぎないことだな、ミスター・フレッチャー」管理責任者は言った。「でもまあ、わたしの知ったこっちゃないか。ふうむ、実際のところ、大して違いはないかもしれないな。あんたの馬にとっては、タフなレースになるんだし」

「そういうレースのほうがユリシーズは好きなんだよ。たとえ霧のせいじゃないとしても……」

「ああ、もちろんだ。ひどい天候だよ。コース上にいる馬が見えないのだからね」

管理責任者のオフィスをあとにしたジョニーとサムは、パリミューチュエル式馬券の販売窓口に急いだ。この期に及んでサムが、最後の抵抗を試みた。「ジョニー、ユリシーズにあの金を全部賭けるのは、やめてくれないかな」

「どういうことだ？　やめてくれないかって？」

「そのまんまだよ。千三百ドルといったらおれたちにとっちゃ大金だ。レースは何が起こってもおかしくない」

「何を言っているんだ？　いまさらもう変えられっこないよ。この金で口うるさい連中を黙らせられるし、ウィリーは何も起こさせたりしないさ」

「けど、あの若造だぞ、まだ新米で……」

「このレースでユリシーズに乗せて勝たせたかったんだ。おおっと、いけない！」

ウィリー・ピペットが子分二人を左右に従えて、レースに熱狂する群衆たちの陰から姿を現したのだ。「ああ、ミスター・フレッチャー、それにミスター・クラッグ！」ピペットが穏やかに声をかけた。「きみたち紳士諸君がなんでまた、わざわざ競馬場に？」

レフティがジョニーをにらみつけ、アーニーは作り笑いを浮かべている。ピペットはジョニーに近寄り、肩を叩いた。「きみの持ち馬はすばらしいよ、ミスター・フレッチャー。現時点でオッズは五十対一がついている。どうやら、きみはいままさに、彼に賭けようとしていたようだね。

「ああ、そのとおりだ」ジョニーは言った。「おれはいつも自分の馬に賭けることにしているんでね。大した額じゃない、ほんの少しだ……」

「千三百ドルだぞ」ピペットは小声で言うと、急に声を張りあげた。「少額でも賭けたほうが、競馬は楽しいからね」すぐに声をひそめて、「その金を賭けるんだ、フレッチャー。さもないと後悔するぞ。あんたらがシーに何をしたか、こっちは承知しているんだ」とまで言ってから、また声が大きくなる。「おお、そろそろ出走馬たちのお出ましだな」

ピペットが片手を、指輪を二つはめた片手をジョニーの肩甲骨あたりに置いて、そっと押した。押された先には、窓口が並んでいる。すかさずアーニーとレフティに近寄られて、ジョニーは気がつくと、百ドル用の窓口の前にいた。

「ユリシーズに」彼は販売員に声をかけた。

「何枚？」

「十三枚だ」ピペットがささやいた。

「十三枚だ」ジョニーはそう伝えると、札束ごと取り出した。金を勘定してから、残るは八十ドル足らずだと心に留めた。

「単勝に千三百」販売人が告げて目を丸くした。「五番のユリシーズで」

ジョニーは馬券をぎゅっと握りしめて、窓口から離れた。とたんにアーニーとレフティが両脇につき、するとピペットがサムとともに、彼らの後ろについた。

一行は隊列をなして、クラブハウスのベランダにある手すりの前まで歩いていった。そこで走路のほうに目をやったジョニーは、びっくりして息が止まりそうになった。すぐ目の前には細長い地面が見えるだけで、走路自体がまるで見えないのだ!

クラブハウスの上の階から巨大なサーチライトの光が走路をじかに照らしていなかったら、直線コースですら見えなかっただろう。光のビームは霧を突き抜け、幅およそ四十フィートの直線コースを照らし、その明るさは場内（インフィールド）にある電光掲示板をじゅうぶん目立たせていた。オッズは掲示板上に電光で示されて、はっきり読み取れる。

ジョニー・フレッチャーは掲示板に目をやった。レスターリーチ二対一、ブラウニー八対五、マチルダM八対一、そしてブルーシルバー五対一。一番下の、五番ユリシーズには四十五対一がついていた。やがて電光文字が点滅し出して、新たなオッズが出た。

レスターリーチ　十二対五
ブラウニー　二対一
ブルーシルバー　六対一
マチルダM　十二対一

ユリシーズ　十六対一

「悪くない」ウィリー・ピペットが言った。「本命馬に賭けたところで、面白くもなんともない。ユリシーズはもう少し下げるかと思ったが、まあ、よしとしよう。あんたは大儲けしそうだな、フレッチャー」

「すばらしい」ジョニーがつぶやいた。

「各馬、スタート地点につきました」拡声器から大きな声がとどろいた。

「どこだ?」サムが尋ねた。

「こんな妙なレースは見たことがない」アーニーがぶつぶつ言った。「ゴールが見られればそれでよし、だ。まったく、あんな霧の中じゃ、何が起こるかわからねえな!」

「何も起こるはずがないぞ、アーニー」ピペットが冷ややかに言った。「あのソニーっていうのはなかなかうまい乗り手だ。今朝はユリシーズのよさをパットよりもはるかにたくさん引き出していた」

「各馬、一斉にスタートしました!」ベルの鳴り響く音とともに、拡声器から声が響いた。

「スタートしたぞ!」数千の客たちが口々に叫ぶ。

不安を抱えながらも、ジョニーは柵をつかんで前にのり出した。

彼らのすぐそばにいる観客たちの狂乱した声が、馬たちの蹄の音をかき消すほどだったのに、突然、四十フィートの直線に馬たちが姿を現した。

ユリシーズが一馬身差で、先頭にいた!

「一馬身差でユリシーズ!」拡声器からアナウンサーの声がうなった。「レスターリーチが二番手、頭差でマルチルダM、半馬身差でブルーシルバーとブラウニーがしんがりです」

それですべてだった。

馬たちは大きな音を立てて霧の中に突っ込んでいき、見えなくなってしまった。しばらくのあいだ、正面観客席にいた数千の観客たちはあっけにとられて黙り込んだ。第一レースですでに経験済みのこの現象も、まだまだ目新しさが失せていないのだ。

どこからかヒステリー気味に笑い出す女がいた。姿は見えないが男の声で、勢いよく悪態をついたかと思うと、やがて叫び声や野次る声があちこちからあがりだした。お気に入りの馬に送られる声援があっという間に広がっていき、ものすごい音量になっていく。「来いよ。レスターリーチだ。ブラウニー！　レスターリーチ！　ブラウニー！」

まだ、誰にも、馬は見えなかった。

だが、誰もがみな、緊張が高まるのを感じ取っていた。今頃はもう、馬たちはバックストレッチに入っている。今頃はもう、コーナーをまわっている。今頃はもう、ホームストレッチに入っている。きっと。レスターリーチ、ブラウニー、マチルダM、レスターリーチ、ブラウニー、レス――。

照明が照らす直線コースに、霧の中から四頭が勢いよく飛び出してきた。四頭、いや五頭……騎手を乗せた四頭と、騎手がいない一頭だ。

ユリシーズは騎手なしで走っていた。

「おいおい！」ピペットが小声で言った。「なんてこった……」

悲鳴、怒声、やり場のない叫び声。

四番、二番、一番……。

着順が電光掲示板に点滅した。勝ったのはマチルダMで、二着にブラウニー、三着がレスターリーチという結果だった。ユリシーズもゴールはしたが、騎手はいなかった。

身震いしながらジョニーは振り向き、サムの肩を叩いた。

「ソニーに何かあったんだ。すぐに……」

サムがくるりと向きを変えて言った。「探しにいこう！」

彼はアーニーを突き飛ばし、その勢いでアーニーがレフティに倒れ込み、ひっくり返ったレフティがピペットにぶつかった。邪悪な三人組が立ち上がるより先に、ジョニーはスタンドの階段を駆け下り、サムがそのあとに続いた。

地上に下りたったところで、二人はようやく足を止めた。競馬ファンの群れに突っ込み、走路へと続く通路へ強引に進んでいった。柵をよじ登ったところで、照明の光があたる場所に、ソニーがよろよろした足取りで現れた。額は切れて出血し、片手に小さな蹄鉄を持っている。

彼はジョニーにすぐに気づいた。「ミスター・フレッチャー」涙ぐんで叫んでいる。「ユリシーズの蹄鉄がはずれてしまいました。二馬身リードでバックストレッチに入ったところで、蹄鉄を落としてしまったんです。馬はつまずいて、それでぼくは――どうしようもなくて。落馬してしまいました」

若者の苦悩は、ジョニーにとってもあまりにつらいものだった。さっきまでは、どれだけ非難してやろうかと思っていたが、いまやソニーの背中をそっと叩いて、なぐさめた。「いいんだ、ソニー。仕方がなかったんだ」

「でも、納得がいきません」若者は泣きじゃくって言った。「なぜ、いま、ユリシーズの蹄鉄が落ちなきゃいけないんです？」

「どういうことだ?」

「レース前に、ウィルバーがユリシーズのことをしっかり点検していたはずなんです」

「だよな」ジョニーは考え込むように言った。「そのとおりだ……」

係員がユリシーズを引いて霧の中から姿を現し、声をかけた。「さあ乗れよ、ソニー」

「ユリシーズを中に入れてやってくれ」ジョニーはふと思いついた。「いや——ちょっと待った」

そう言って、いきなりユリシーズに近寄ると、馬は驚いて飛びのいてしまった。たまらず、彼も後ずさりする。そこでソニーがユリシーズを取り押さえてくれたので、ジョニーは思いきって近づいてみた。だが自分から前かがみになって、蹄を調べる勇気はなかった。

サムがジョニーの肩越しにささやく。「右の前足だよ」

「サム、抱えていてくれ」

サムが馬に近づこうとジョニーの前に出たが、すぐに後ずさりしてジョニーとぶつかった。「おれに、馬の脚をいじくれって? ばか言うなよ」

「おまえさんを蹴ったりしないよ」

「本気でそう思うのなら、あんたが抱えなよ」

ジョニーは折衷案を選んだ。ソニーから手綱を預かると、この見習い騎手が前かがみになって、ユリシーズの球節(けづめの上部後方の関節)に触れた。馬は片足をあげた。

「爪がかなり傷ついています」ソニーが声をあげた。「でも、足の柔らかいところで踏み抜けなくてよかった。釘の打ち方に問題があったんだと思います。そのせいで蹄鉄が緩んだみたいです」

「どれ、見せてくれ」

ジョニーはソニーの手から蹄鉄を受け取った。無残に折れ曲がった釘が蹄鉄に引っかかっている。彼は頭を振った。「ふーん、勝負が中断したのは、こいつのせいか」

ソニーがまたもやすすり泣いた。「初めてのレースだったのに。もう二度と騎乗できないや」

「そんなことはない、また乗れるさ」

「それって、またユリシーズに乗せてくれるということですか?」

「もちろんだ!」

「やった! 次は必ず勝ちますよ、ミスター・フレッチャー! ユリシーズで勝ちますからね。すばらしい馬です。ぼくらはずっと、ほかの馬を大きく引き離していました。もちろん、ほかの馬のことはあまりよく見えなかったけど、音でわかりましたし、ほかの馬が接近してきたら、そのたびにユリシーズを少し先に行かせて、後続を楽々と引き離したんです。ユリシーズはいままで乗った中で最高の馬ですよ」

しかも無比の馬だ。ジョニーはそう思った。彼は再びソニーの肩を叩いた。するとサムが手のひらでジョニーを叩いた。

「ジョニー!」

ジョニーは振り向き、こちらに向かってくる三人組に気づいて目をみはった。ほんの一瞬のことだが。ウィリー・ピペットは顔をこわばらせ、レフティの顔には冷笑が浮かんでいる。それを見て、ジョニーは身震いした。

「行くぞ、サム!」

「ちょっと待て、おいっ……!」ピペットが声を張りあげた。

だがジョニーとサムは、みすみす破滅を待つようなタチではない。二人は分厚い霧の中に飛び込み、厩舎に続くトンネルを猛スピードで駆けていった。そこで右へ折れて正面観客席の中を急いで通り抜け、クラブハウスをあとにした。

ジョニーは駐車場に停めたステーションワゴンを目指したかったが、あえてそうしなかった。レフティとアーニーに駐車した場所を知られていたからだ。

二人は通りを目指して出ていった。

第十二章

夕方近くに風は西向きに変わり、霧を海のほうへ吹き飛ばした。六時にジョニー・フレッチャーはラジオをつけた。

「銅鑼の音が聞こえたら、時刻はちょうど六時です」アナウンサーが告げた。「〈クロッコ時計〉の提供でお知らせします」

ゴーン！

「それでは、つい数分前に入ったニュースをかいつまんでお伝えします。提供は〈コッキード眼鏡店〉です。同店では、たった二ドル五十セントで、多くのお客様にぴったりの眼鏡をご提供して参りました。いまなら正真正銘本物の毛皮で縁取った便利な〝グレープフルーツ用カバー〟を無料でプレゼント！　しかもたった一ドルをご追加いただくだけで、コッキード社製の眼鏡がもれなく一組ついてきます。ニューヨーク市内に十八ある当社のどの店舗でも、週一ドルのお支払いのみですぐに……

（と、五分ばかりべらべらと続く）。

いま入ったニュースです！　ギャンブラーであり馬主でもあるジョニー・フレッチャーが広域指名手配されました……」

「ぬぁんだってぇ！」サム・クラッグが大声をあげ、さっきまで大の字になって寝そべっていたベッドからはね起きた。

「黙れ」ジョニーが張りつめた顔で言った。

「……ソニーこと、アーネスト・ウィルコックスが殺害されるという不可解な……」

「ソニーが！」サムは、息が止まりそうなほど驚いた。

「……これまで開催されたレースの中でも、かなり特殊といえる状況で初騎乗したソニー・ウィルコックスですが、先頭を走っていたものの、ユリシーズ号が競走中に蹄鉄を落としてしまいました。その馬に乗って厩舎に戻った直後に、彼は命を落としたのです。

……このエリア一帯を覆っていた分厚い霧が、レース中のトラックをすっかり隠してしまいました。霧の中で出走馬たちが方向を見失ったときに何が起こったのか知るよしもありません。ウィルコックスが騎乗していたユリシーズ号は、勝ち目がほとんどないとされていました。発送時刻の五分前はオッズが五十対一でした。馬たちがスタート地点へ向かうほんの一分前に、突然十六対一にまで下がったのです。このようにオッズが急落したのは、直前にこの馬に大金が賭けられた結果だとされています。この馬の持ち主である、ジョニー・フレッチャーは、持ち馬に千三百ドルを賭けたそうです。土壇場でベテランのパット・シーの代わりに起用したこの騎手に、馬主がどんな指示を出したのかはまだわかっておりません。いずれにせよ、このレースに出場した他の騎手たちは、彼らがバックストレッチに入った時点で、先頭に立っていたユリシーズに不測の事態が起こったことを認めています。ユリシーズが蹄鉄を振り落としてつまずき、この見習い騎手を放り出してしまいました。

その後どうなったのかは、著名なホースマンであるウィリー・ピペットが伝えてくれています。彼はちょうど、走路の柵外にいました。ユリシーズに放り出された、この不幸な騎手がよろよろした足取りで戻ってくると、雇い主であるフレッチャーと出くわしました。雇い主に激しく罵倒された気の毒なこの騎手は、いまにも倒れそうになりながら厩舎へ戻り、その十五分後には死体となって発見されたのです。その時点でフレッチャーは姿を消していました。

その際、フレッチャーと行動を共にしているのが、彼のボディガードであり、元レスラーのサム・クラッグです。クラッグは大男で、ヘラクレス並みの怪力の持ち主とされています。人々に危害を与えるおそれがあり、警察は目下、すべての鉄道ターミナル、空港、バス発着所を警戒中……」

ジョニーがラジオのスイッチをバチッと切った。「よーし、サム。言いたきゃ言えよ！」

「言えって、何をだよ！」

「〝だから言わんこっちゃない〟って。おれが厄介事に巻き込まれると思っていたんだろう？」

サムは肩をすくめた。「過ぎたことは過ぎたことだ。おれが思うのは、あの小僧、ソニーのことだよ」

「おれもだよ、サム。そして、この先しばらくは、彼のことが頭から離れないだろうな。おれは、彼を殺したやつをつかまえてやる」

「もちろん、ウィリー・ピペットだ」

「ピペットかどうか、おれには断言できないな」

「なぜだ？　やつはレースを買収したうえ、大金をすったんだぞ」

「それはソニーのせいじゃない。あの馬の落鉄（らくてつ）は、ソニーにはどうしようもなかった。ピペットはソニーを責められない」

「それでも、責めたのかもしれない。ウィリー・ピペットって男は、かなり如才ないところがあるが、やつの砲兵どもときたら、とりわけあのレフティって男は……」

「もしレフティがソニーを殺したのだとしたら、おれは五分でやつから銃を取りあげるから、やつをどう料理するかはおまえに任せるよ」

「三十秒ありゃじゅうぶんだぜ、ジョニー。やつの腕をもぎ取って、その腕でやつの頭をこれでもかと殴ってやる」

ジョニーは窓際に近寄り、通りの反対側にある〈四十五丁目ホテル〉に目をやった。競馬場から逃走してきた二人には、あのホテルに戻る勇気はとてもじゃないがなかった。滞在先はピペットにも知られていた。だから、ジョニーとサムは、通りをはさんで向かい側にある、よく知らないホテルに逃げ込んだのだ。

〈四十五丁目ホテル〉はホテルとしては四流とされている。同じ基準に照らしたら、目下やむなく部屋をとったこの宿は、どうみても十六流だ。どの部屋にも消毒用のスプレー缶が置いてあった。

男がひとり、〈四十五丁目ホテル〉の隣りにある建物の前で新聞を読んでいる。ジョニーはしばらくその男を観察してから、サムに声をかけた。

「あの男、ポーカーをやってた連中のひとりじゃないか、サム?」

サムもジョニーがいる窓際に近寄った。「新聞を持ったあいつか?　眼鏡をかけているが、ああ、たしかに。そうだ、そのとおり」

ジョニーは手の甲で顎をこすった。「なあ、おれたち、別の通りにあるホテルにチェックインし直したほうがいいように思うんだ」

「ここからどうやって出るつもりだ?」

「そうだな、このブロックが、四十五丁目と四十四丁目の間と似たようなものなら、隣りのビルに通じる地下を抜けて四十六丁目側へ出られるかもしれない」

「そのルートで脱出できなかったら、通りの向こうにいるやつをぶん殴って気絶させてやろう……あの幸運のお守りは、置いていくつもりかい？」

「なんだって？　ああ、蹄鉄のことか。あれのおかげで、とんでもない幸運が舞い込んだと思うか？」

「いや。だけど、どっかの誰かさんの頭を張り倒すには役立つかもしれないぜ」

ジョニーはにやっと笑うと鏡付き化粧ダンス（ドレッサー）から蹄鉄を取り出した。その重さを確かめるように持ち上げてみる。競走馬がつけていた蹄鉄にしては、かなり小さく感じられた。上着のポケットにしまい込むと、さすがにその重さでポケットはたるんでしまった。

二人は部屋から歩いて出ていき、エレベーターで一階まで下りた。そこでジョニーはあたりを見回し、地下階への階段の位置を見定めた。二人は階段を下りて手洗所を通り抜け、ビルの裏手へ続くドアを押してみた。

ドアは開き、狭くて汚れた通路に出た。

「これなら行けそうだ」ジョニーが言った。

三十フィート進んだところで右に曲がると、洗濯室に出た。ここからさらに別の廊下を左に曲がると、エンジンルームに出た。そこで、顔を煤（すす）だらけにした老人に行く手をはばまれた。老人は三脚椅子に腰かけて、エロ雑誌を読んでいる。

「おい！」老人が声をあげた。「こんなところで、何をしているんだ？」

「消防署です」ジョニーは言った。「このドアの先には何がありますか？」

「なんもありゃせんよ」

「では、ここになぜドアがあるんです？」

「そうさな、灰やら燃えカスやらを溜めとく場所があるからだよ。だが、引火性のものはなんもないぞ。だから違反キップは切れねえよ。この前のときとは違うんだ」

「ええ、この前はそうでしたね。ですから再点検に来たんですよ。しっかり片づいたかを確かめるためにね。では、これから……」

ジョニーがドアを開けると、そこは十フィート×二十フィートほどの建物間の通路（エリアウェイ）だった。さらに奥には、高さ十フィートほどのコンクリートの壁があり、その壁に沿って燃えカスや灰をいれた樽がずらっと並べてあった。

ジョニーが頭を振って言った。「チッチッ！　こんなに樽があるとは知りませんでしたよ。もし火災が発生したら、ここは避難路に使うことになるのでは？」

「なんでだ？」二人のすぐあとをついてきた老技師が尋ねた。

「火災に備えてですよ。ほかの通路が通行不能になるかもしれませんからね。うーむ……」ジョニーが樽の一つに登ってみると、壁のてっぺんには一フィートばかり手が届かなかった。

彼に手招きされて、サムが樽の一つを持ち上げ、二つ並んだ樽の上に置いた。

老技師が口笛を吹いた。「なんとまあ、すげえ力だな！　おれなんか、樽を一つずらすのでさえ、ひどく時間がかかるのによ、持ち上げるなんざとんでもねえや」

ジョニーが二段目の樽によじ登ってのぞき込むと、いまいるのとほぼ同じくらいの広さのエリアウェイがあって、同じように樽がずらっと並んでいた。

「いいぞ、サム」彼は言った。

壁のてっぺんまでよじ登り、サムが登ってくるのを待った。

「おい！」老技師が叫んだ。「なんで、そっち側も調べるんだ？」

「こちらに避難する可能性だってあるからですよ――火災発生時にはね」ジョニーが下にいる技師に向かって叫んだ。そして壁の反対側にひょいと飛び下りた。ほどなくサムも続いた。

二人は隣りのビルの地下階になんなく移動し、建物正面へ続く通路もまんまと通り抜け、そこから階段を昇って玄関ホールに出た。それは広い空間をもつ古い建物だった。

歩道に出たところで、ジョニーはほっとひと息ついた。「なかなか悪くなかったな」

「ああ。でも、これからどこへ行く？」

「多少は空気のいい北のほうへ行こう。六十丁目から七十丁目あたりのアッパーブロードウェイなら安ホテルがたくさんある。でも、まずは新聞を買おう。それから、五十丁目で地下鉄に乗って、北へ向かうとしよう」

二人は七番街とブロードウェイの角まで速足で向かった。そこでジョニーは新聞を買った。ブロードウェイの角を曲がり、四ブロック歩いて五十丁目まで行くと、地下鉄のプラットホームへ下りた。
二、三分待ってやってきたブロンクス区間の普通列車に、ジョニーとサムは乗り込んだ。すると、ドアが閉まろうとしたちょうどそのとき、穴のあいたセーターとぶかぶかのズボン姿の男が強引に乗り込んできた。
ジョニーがサムの腕をつかんで、車両の最後方まで引っぱっていく。席に座ると、ジョニーが口を開いた。「すぐ見るなよ。セーターを着たあの男だ……おれが新聞を買った、四十六丁目にいた新聞売りじゃないか？」

サムはうなった。少し経ってから、車両の反対側にある広告を読みはじめ、やがて思い切ってその下に目をやった。

「やつだ――しかも、この前の夜、おれたちが話しかけた男と同じだ」

ジョニーはそっと息を吸った。「道理で見覚えがあると思ったよ。おれがウィリー・ピペットについて尋ねたら、やつがホテルにいるボーイ長に訊くよう教えたんだった。くそっ！」

「おれたちをつけてんのか？　なんのために？」

「そりゃ、タイムズスクエアあたりの新聞売りは九割方、賭博の元締めのちょうちん持ちだからだ。あいつらは馬に賭けさせ、数に物言わせたいギャングのために人を集め、なんやらかんやらのために客引きをする。こいつはピペットの使い走りのひとりだ。ってことは、ピペットの命令がタイムズスクエアじゅうに広がっているってことだ。おっ、コロンバスサークル駅だぞ。すぐに立ち上がるなよ。ドアが閉まる直前に、ぱっと飛び降りるんだ」

列車が止まり、ドアが開いた。かなりの客が乗り込んできた。

ジョニーが突然立ち上がって、扉めがけてすばやく動いた。そして閉まりかけたドアの、ゴムのクッション部分に肩を押しあて、サムが通り抜けられるまで閉まらないよう必死に踏んばった。

サムはといえば、無我夢中だったせいでうっかりジョニーに体当たりしてしまい、その拍子にバランスを崩してプラットホームに倒れ込んだ相棒の体に、勢いあまってつまずいてしまった。

そろって立ち上がった頃には、列車は駅から走り去ろうとしていた……しかも、あのタイムズスクエアの新聞売りもいて、いまちょうど、ボロをまとった別の男と話をしている。

「おれたちが地下鉄を待つあいだに、あの野郎には五十丁目で電話をかける時間があったんだ」ジョニーが声をあげた。

「なるほどね。だけど、おれは町中で追われるなんてごめんだ。あのちっこいやつはあんたに任せた。おれは……！」

突然サムは向きを変えて、二人組に突進していった。相手はすぐさま彼の意図を察知して、ぱっと二手に分かれ、ひとりはプラットホームの奥に駆け出し、もうひとりはあえてサムの脇を突進して、回転式改札口を目指した。ジョニーが先回りしてその男を止めようとしたが、男はウナギみたいにすばしっこかった。捕まえようとするジョニーの手をまんまと潜り抜け、回転式改札口に激しく体当たりするようにして通り抜けてしまったのだ。

かたやもうひとりは、ホームの先にある、地上へ出る階段を目指している。男は階段下で立ち止まって後ろを振り向いた。そのときはまだ、ジョニーとサムは回転式改札口のそばにいた。

いま両者は、絶妙な距離感にあった。プラットホームの一番端にいるのが二番目に現れた男で、彼は列車が来ればひょいと乗るか、もしくは五十八丁目へ出る階段を昇ってしまえばいい。ジョニーとサムがこの男を追いかければ、二人より先に男は外へ出ていってしまう。そうなったら、すでに回転式改札口から出ていった男が再び姿を現して、またも尾行を続けることだろう。

逆に、改札口を飛び出した男を追えば、もう一方の男が安全な距離をとって、あとをついてくるはずだ。

どうやら二手に分かれる戦略をとるしかなさそうだ――ジョニーがひとりを、サムがもうひとりを追いかける。

「参ったな、サム」ジョニーがため息をついた。「おれたち、二手に分かれて、めいめいで用心しないとだめだ。どうやればうまくいくかわからないが、金はいくらかある。おまえは、ホームにいるあいつを追いかけるんだ」

「くそっ、こんなの気に入らねえぞ、ジョニー！」サムが声をあげた。「あっちはもう、半ブロック先に行っちまった。見失ったかもしれないぞ」

「わかってる。だから、落ち合う場所を決めておこう――そうだな、グランドセントラル駅のインフォメーションブースで九時に。もしどちらかが現れなければ、もう一方は待合室で待つこと。オーケー？」

「了解だ。だけど、気に入らねえよ」サムは頭を振って、ジョニーから受け取った金をポケットにいれた。そして向きを変えると、大きな足音を立ててプラットホームを駆け出した。

ジョニーのほうは、回転式改札機を押して通過すると、タイムズスクエアから尾行してきた新聞売りのあとを追いはじめた。相手は階段を駆け上がり、ジョニーがセントラルパーク・ウェストの歩道に到達した頃には、百フィート先の縁石の上に立っていて、ジョニーのほうを見ていた。

ジョニーはとっさにタクシーに乗り込み、「サンモリッツホテルまで」と伝えた。

運転手は顔をしかめながら正面に向き直り、空車の標示板を倒した。そして車を発進させて、車の流れに合流した。運転手はコロンバスサークルを四分の三周して、セントラルパーク・サウスを東へ進んだ。

ジョニーが後ろを向くと、すぐ後ろにもう一台タクシーがついてくる。ポケットから金を出して数えてみれば、残りは三十八ドルだ。ほぼ同額をサムに渡してあった。彼は一ドル札を丸め、運転席とつながる小窓から金をひょいと投げ入れて運転手に告げた。「六番街まで行ったらスピードを落としてくれ。曲がり角でなるべく端に寄ってくれないか、飛び降りたいんだ。後ろのタクシーに乗ったやつを撒（ま）きたいんだよ」

「なんだって？　なんならセントラルパーク内で撒いてやるぜ……」

「そりゃ危険すぎる。あんたが違反キップを切られちまうかもしれない。このやり方でおれはやってみるよ」

「がってんだ！　どうしようが、おれの知ったこっちゃない」

第十三章

広い道をなめらかに走行していたタクシーは、六番街の角に来ると、車体をいきなり歩道側に寄せた。運転手がブレーキをかけたとたん、ジョニー・フレッチャーはドアを開けて車を飛び出し、〈バルビゾンプラザ・ホテル〉目指して駆け出した。

ホテルの玄関に突進し、地階にあるアーケードをできるだけ速足で通り抜ける。肩越しにちらっと見ると、アーケードに自分しかいないとわかって有頂天になったものの、決して歩みを緩めたりはしなかった。

ドラッグストアを勢いよく通り過ぎて右に曲がり、ドアを押し開けた。歩道に出たちょうどそのとき、あの新聞売りが四十フィート離れたところにある六番街の角を曲がった。新聞売りは、とっくにジョニーの逃走経路を承知していて、先回りして待ち伏せするつもりなのだ。

ジョニーは思いきって、相手のほうへ突進していったが、むこうは決定的な対決をする役は望んでいない。慌てて背を向け、来た道を戻っていったのだ。ジョニーは通りを渡って六番街へ折り返した。五十七丁目で、通りの南側に移ってバスを待った。

やぶれたセーター姿の新聞売りは、通りの反対側に少しのあいだ立っていたが、〈バッキンガムホテル〉まで歩いたところで、ジョニーのいる側に渡り、オートマットの前で立ち止まった。しばらくして、バスが五十七丁目に近づいてくると、男はタクシーの運転手と言葉を交わしはじめた。

ジョニーは来たバスに乗り込み、車両の奥に進んで座席に落ち着いたところで、タクシーの屋根を見下ろした。タクシーはバスと速度を合わせて進んでいる。ジョニーはぼんやりと考えた。もし自分があのタクシーの屋根に飛び降りたら、自分の重みであの屋根はつぶれるだろうか、などと。

バスは五番街で南に折れ、四十四丁目までゆっくり進んだ。ジョニーはそこでバスを降り、徒歩で東へ向かった。思いきって後ろを振り向いたのは、ヴァンダービルト街近くにきてからだ。半ブロックほど後ろに、影のようにつきまとう男がいることだけはわかった。

彼はヴァンダービルト街を横断してグランドセントラル駅へ向かった。しつこくついてくる男がすぐ近くに迫っていた。ジョニーはターミナルに入り、長い階段を下りてメインコンコースに出た。ペースを落として歩いていく先には巨大な空間が広がり、列車の入線を伝えるアナウンスが流れていたが、列車はまだ入線していない。前方に長い地下道があって、四十五丁目と四十六丁目の間にある〈ルーズベルトホテル〉に行きつく。距離にして二ブロック分はある。あの新聞売りの体力は、どれくらい残っているだろうか。おそらくかなり残っているだろうとジョニーは思った。こっちが思っている以上に、残っているに違いない。

ジョニーが振り向くと、追跡者は四十フィートほど離れたところで足を止めた。

ジョニーは手を振って叫んだ。「あばよ、金魚のフンめ！」

そして、トンネルを全速力で駆け出した。行く手にいる人の中には、道を譲ってくれた人もいた。彼はこれまでの人生でかつてなかったくらい走りに走った。そして〈ルーズベルトホテル〉のロビーに続く曲がり角にすべるように入り込むと、勝利の喜びが思わずこみあげた。左の肩越しにちらっと見やると、新聞売りがかなり後方から姿を現した。

ジョニーは階段を三段ごとに駆け上がった。ロビーでは、速足だった速度を落としてゆっくり歩いて横切り、四十六丁目側の出入り口まで行った。外に出るなり再び走り出し、一ブロック足らず先にあるパーク街を目指して東へ進んだ。

〈ニューヨーク・セントラル・ビルディング〉まで来たところで後ろを振り向けば、あの新聞売りがいままさに、〈ルーズベルトホテル〉から飛び出してくるところだ。ジョニーはうなり声をあげ、大きなオフィスビルに入ると、ふらふらと歩いてロビーを抜けて四十五丁目側に出た。そこで、あえて階段を下りて、まっしぐらに地下道に飛び込んだものの、それはターミナルと〈ルーズベルトホテル〉間にある地下道よりもかなり長い。この地下道を行けばグランドセントラル駅へ戻ることになるが、もう一方の地下道と並行して走っているとしても、こちらのほうがはるか人気(ひとけ)がなかった。

ジョニーはこれで、尾行者を撒(ま)いたとわかったたし、そう思えたことで元気を回復し、前よりもいっそう速く走れるようになった。

地下道の終わりに到達したところで後ろを振り返れば、新聞売りはかろうじて長い距離を走り出したばかりだ。ジョニーは満足げな笑みを浮かべて、短い階段を駆け下りていき、待機していたエレベーターに乗り込んだ。

エレベーターの扉は、追っ手が走り切る寸前で閉まった。ジョニーは三階でエレベーターを降りると、この町で最も距離が長いとされる、グランドセントラルの駅舎の上階にある廊下を歩いた。四十五丁目側で階段を下りて駅舎から出ると、タクシーに乗り込んだ。

「グリニッチヴィレッジへ。クリストファー通りと六番街の角だ」

タクシーは六番街へ向かった。六番街へ入って四十二丁目を渡ったあたりで、ジョニーはようやく後ろを見た。後方に車は連なっていたけれど、このタクシーを追いかけてくる車はなさそうだ。彼はほっと溜息をついて、シートに身を沈めた。

二十分後、ジョニーはタクシー代を払うと八番街まで歩いていった。〈ジャンブルショップ〉に入ってビールを一杯注文する。ひと口飲んで、タイムズスクエアで買った新聞に目を通した。ソニー・ウィルコックス騎手殺害の記事は一面にでかでかと載っていたが、ジョニーが六時のラジオニュースで知り得た以上のことはほとんど書いてなかった。

彼はスポーツ欄をめくり、ジャマイカ競馬場の競馬詳報がないか探した。見つけたので第二レースの短い記事に目を通す。鉛筆で騎手名の下に線を引き、紙がないかとポケットを探したが、見つからなかったので、紙ナプキンに四人の騎手名を書き取った。それは次のとおり。

カウチ
ラザラス
エドサル
ジェヌアルディ

ポケットにあった五セント硬貨を手にして電話に近づき、「ニューヨーク・グローブ」紙の番号を調べた。番号がわかったので、電話ボックスに入って電話をかけた。

「運動部長を」グローブ紙の交換手に告げた。それから「運動部ですか？　ええと、実はジャマイカ競馬場で騎乗した騎手の名前をちょっと教えてもらいたくて……ん、なぜかって？……それはだね、客たちのあいだで議論になってしまって決着をつけたがっているんだよ……え、わたし？　わたしは新聞販売店をやってるんだ……わお、助かるよ！　名前はカウチ、ラザラス、エドサル、ジェヌアルディだ。ファーストネームが知りたいんだ。よし、いいよ……ヴィク・カウチ、ジェリー・ラザラス、ベン・エドサル、それにトニー・ジェヌアルディだね。本当にありがとう。ひょっとして、彼らの住まいをたまたまご存じだったりしてないかい？　なぜかって？　ええとだね、ああ、ここにいるわたしの客の中に大のギャンブル好きがいてね、地方から……デトロイトから出てきて、今日のレースで大儲けしたとかで、騎手の何人かにシャンパンを一ケース贈りたいって言うんだよ。ええと……カウチとラザラスに、だそうだ。ヴィク・カウチが……え？　どこだって？……〈四十五丁目ホテル〉だね。あとは知らない、と。わかった……助かったよ」

ジョニーは電話を切るなり顔をしかめた。それからもう一枚五セント硬貨をポケットから取り出し、〈四十五丁目ホテル〉の番号にダイヤルした。

「ボーイ長を」ホテルにつながると彼は告げた。

エディー・ミラーのさわやかな、軽い調子の声が出た。「ボーイ長です！」

「エディーか」ジョニーが言った。「ジョニー・フレッチャーだ」

「こりゃ、たまげた！」エディーが叫んだ。「いま、どこです？」

「受話器の向こう側だよ……」

「ちょっと待ってくださいよ」エディーが声を落とし、張りつめたような小声で言った。「あなたの部屋に二、三人、ここロビーのすぐそばにも、おまわりが二人いますよ」

「おまけにホテルの外には、ウィリー・ピペットの子分がひとりいるよ、エディー。そいつは警察より先におれに会いたいらしいんだ。おまえさんはまだ、おれの味方かい？」

「もちろんですよ……あのう、つまり……ほら、だって……」

「おれはやってないよ、エディー、おまえが知りたいことがそれならな。サムもやってない。だが、おれたちは、自分たちの嫌疑を晴らすためにある男を捕まえなくちゃならないし、それには助けがいるんだ。この困った事態から脱出したら大金が入るかもしれないし、そうなったらエディー、あんたのことは決して忘れないぞ」

「わたしはあなたの仲間ですよ、ミスター・フレッ——もとい、ミスター・スミス。どういったご用件でしょう？」

「そのホテルに滞在中の騎手がいるんだよ、エディー。名前はヴィク・カウチだ。彼のこと知っているか？」

「知っているかって？　これまで会ったお客の中で、あんなにサイコロ賭博の好きな、ありがたいカモはいませんよ。おとといの夜だって彼のために賭場を開帳してさしあげたら、昨夜もまたってせがまれました。あと一週間、彼が滞在してくれたら、わたしは自分で競走馬を買いますよ」

「おれが一頭やるよ、エディー。じゃあ、聞いてくれ。こっちの頼みはこうだ。おれはのこのこホテルに行けない、だが、あんたがヴィク・カウチをそんなによく知っているなら、大して苦労もなく、おれが知りたいことを突きとめられるはずだ——彼以外の三人の騎手の住所を知りたいんだ。カウチなら知っているはずだ。ジェリー・ラザラス、ベン・エドサル、トニー・ジェヌアルディだ。名前は覚えたか？　十分もあれば、突きとめられるかな？」

「彼がいま部屋にいればです。でも、どうでしょうね。ちょっと上の階へ行ってみましょう。出かけていてもおかしくない時間ですからね。かけ直してみてください」

「わかった、エディー。恩に着る」

ジョニーは電話を切ってボックスから出ると、もう一杯ビールを注文した。時計をにらみながらゆっくり飲んだ。十二分経ったところで電話ボックスに戻り、また〈四十五丁目ホテル〉に電話をかけた。ボーイ長の電話にベルボーイが出たので、ジョニーは無言で電話を切った。

十五分待って、再び電話をかけた。聞きおぼえのない声が出たので電話を切った。

ビール二杯分の代金を払って、〈ジャンブルショップ〉を出た。マクドゥーガル小路の角でしばし立ち止まり、それから八番街まで歩いていった。店のウィンドウにある時計が八時二十分を示していた。

サム・クラッグと落ち合う時間まであと四十分ある。それくらいあれば、五番街で北へ向かうバスに乗っても、じゅうぶんに間に合う。

彼は徒歩で五番街へ向かったものの、途中で気が変わってタクシーを拾った。

「八番街と四十五丁目の角まで頼む」と運転手に告げた。

二十分後、ジョニーはエルカミーノ・アパートメントの前でタクシーを降りた。料金を払い、四階までえんえんと階段を昇っていった。四Cの部屋の前に立ち、ドアに耳を押し当てた。中は静まりかえっている。ドアブザーを押してみた。

応答がない。

かぶりを振りながら階段を下りて外に出た。歩道に立つなり、思わず声をあげた。二軒先に錠前屋がある。ジョニーは店の前まで歩いていき、ウインドウにある看板にちらっと目をやった。

〝どんな錠前にもぴったりの鍵あります〟


彼は店に入り、煤で汚れた中年男に声をかけた。「ミスター、鍵をなくしちまったんだ」

「よくあることでさあ」錠前屋がうなるように言った。「だからわたしの商売が成り立つってもんだ。一ドルでお開けしますぜ」

「でもおれの家は、ちょいと先のブロンクスにあるんだよ」

「じゃあ、五ドルだね」

「そんなに持ち合わせてないんだ。ううむ。万能鍵を買ったほうがいいかもしれないな」

「承知しやした。どんな錠前だね？」

「旧式のもので、大きな鍵で開けるやつだ」

「その手のか！　紐一本でも開けられそうなやつだね。じゃ、これだ……」錠前屋が金属製の鍵をカウンター越しにすっと差し出した。「二十五セントだ」

ジョニーは二十五セントを渡すと、エルカミーノ・アパートメントへ引き返し、再び階段を昇った。念のため、もう一度ブザーを押してから、錠前に万能鍵を差し込んで回した。

ドアを押し開けた彼は、息が止まりそうになった。

エド・ローサーが、読書用ランプが灯る下で、安楽椅子に座っていたのだ。

「いったいいなんなんだ！」彼はどなった。

「ベルは鳴らした……」ジョニーが弱々しい声で言った。

「だからなんだ？　おれは応答する気になれなかったんだ。その鍵は、どこで手に入れたんだ？　まさか、ヘレンが……」

「違うよ」ジョニーは言った。「たまたま……手に入れたんだ」

「それで、たまたまその鍵で開けたっていうのかよ、なあ……！　あんた、警察のお尋ね者になっていたよな。おれは、警察に通報したくなったぞ」

ジョニーは深く息を吸った。「さっさとやれよ！」

ローサーは立ち上がり、側卓に置かれた電話機に近づいた。電話機をさわったが、受話器を取りあげはしなかった。

「なあ」彼が声をかけた。「取引しないか。ジョー・シブリーの遺産のうち、あんたの取り分を放棄する書類にサインしてくれたら、あんたを逃がしてやるぜ」

ジョニーが声をあげて笑った。「その一、ジョーの遺産のうち、おれの分け前はこれまでのところたった一枚の薄い十セント硬貨すらないこと。その二、あんたにおれをつかまえる気はないこと」

「何を言っているんだ？」

「なんだと思う？」

ローサーはジョニーをしげしげとながめて考え込んだ。「あんたのことは、これまで多少は聞いているぜ。あんたはしょせん、本のセールスマンにすぎない」

「で、あんたは？……シンシン刑務所か？」

「はあ？」

「あんた、どう見ても前科者っぽいぞ。それらしい振る舞いだし」

「おれは、ヘレン・ローサーの父親だ」ローサーがせせら笑った。「娘はほかの誰よりも、ジョー・シブリーの遺産を要求する権利をもっているんだ。あんたは、どう逆立ちしたって、彼とはなんの関係もないじゃないか」

「おれは彼の命を救った。地下鉄のプラットホームに立っていたら、ジョーが列車の前に押し出されたんだ。おれがずっと考えていたことを教えようか？　彼をホームから故意に押し出した人物とは誰か……あんたはシャバに出てどれくらい経つ？」

「黙れ！」ローサーが叫んだ。「なんでもかんでも、おれのせいにしようたってそうはいかない。そもそもおれは、義理の兄弟にしかすぎないんだ……」

「ジョーの姪の父親だ。もし彼女が百万ドルを受け取れば、あんたにも金が入る」

「ここから出ていきやがれ！」

「出ていくさ――一つだけ、教えてくれたらな」

「教えることなんか、何もねえよ」

「どこで尋ねてもよかったんだが、できれば、いまここで答えを知りたいんだ。聞きたいのはこういうことだ。なぜヘレンは、こんなしけたアパートに住んでいるんだ?」

「はあ？　そりゃ、あの子だって余裕があれば、パークアベニューに暮らしているさ。だがそんな金はないんだ」

「それなのに、二千五百ドルもする車を持つ余裕はあるんだな」

ローサーがあえぐように言った。「なんだと……?」

「あんたの娘の車のことだよ」

「車なんか持ってないぞ」

ジョニーは笑った。「おれはおととい、その車にぶつけたんだ。フェンダーをへこませちまった——ほんのちょっとだけだぞ。彼女はおれに運転免許証を見せてくれた。ちょっと待てよ。ああ、確かに彼女の運転免許証だった。ひょっとしたら、自分の車じゃないのかもしれないな。免許証があるからといって、車を持つ必要はないんだ。彼女の車でないとしたら、あれはいったい誰の車だ?」

「本人に訊けよ」

「そうしたいんだ。いまどこにいる?」

ローサーが電話に手をのばした。「どのみち、電話をかけることになりそうだな」そう言ってフックから受話器を取りあげた。

ジョニーは、彼が電話をかけたかどうかわざわざ確かめることなく、さっさと部屋から出ていった。

第十四章

午後九時五分過ぎ、ジョニー・フレッチャーは八番街を渡ってタクシーに乗り込んだ。それからグランドセントラルまで十分かかったので、十五分以上遅れて、ようやくターミナル駅の待合室に入ったのだ。

その広い部屋を通り抜けながら、ベンチに座っている人々の顔をじろじろながめた。サム・クラッグは見つからず、あらためてもう一度ぐるっと見回したがいなかった。眉をひそめてインフォメーションブースのある広いコンコースに移動した。そちらも二、三回巡回して、それから待合室へ戻った。サムはまだ、到着していなかった。

ジョニーは所在無く数分ばかり待ったのち、ターミナル駅のレキシントン街側にある、ずらっと並んだ電話ボックスに移動して、〈四十五丁目ホテル〉に電話をかけた。今度はすぐにエディー・ミラーにつながった。

「電話をずっと待っていたんですよ」エディーが言った。「騎手のひとりが彼と一緒でした。トニー・ジェヌアルディという、ちびのイタ公です。わたしが口利き料の十二ドルを請求したら、連中は出てっちゃいました。いまはジェヌアルディが泊まる〈フォートナーハウス〉という、レキシントンにあるホテルで会合だかをしている最中です。そこへ行けば会えますが、くれぐれも穏便にやってくださいよ。宴会でもやっているんでしょう」

「助かったよ、エディー。この恩は忘れない。また連絡する」

「どういたしまして。また何かあれば、ご連絡ください」

「もちろんだ」

ジョニーは電話を切って待合室へ戻った、まさにちょうどそのとき、サムが四十二丁目側の出入り口から、駅に突入してきた。

「ジョニー！」彼は声をあげたが、息を切らしていた。「まったく、とんでもない目にあったぜ！」

「追っ手は振り切ったのか？」

「まあな。だけど、もう少しでやつの首の骨をへし折るところだった。おれはバーレスクショーに行ったんだよ。やつはうっかり、おれのすぐ後ろの席についちまった。ストリッパーが登場して、その女はスタイルがいいが十トントラックみたいにでっかくてさ、客たちがかぶりついていたよ。次々に椅子から立ち上がりだしたもんだから、おれは取り残された連中と同じようにマヌケをよそおってさ、まあ、たまたま体をひねって、その青二才の野郎に一発お見舞いしといたんだ。たぶん明日の昼までは、目を覚まさないだろうな」

「そいつが電話をかける暇なんてなかったと、断言できるか？」

「おれに殴られたあとにか？」

「違う、殴る前にだ」

「そんなの、わかるか。ろくに見てなかったしな。おれはやつを撒くのに、タイムズスクエアじゅうを駆けまわってたんだから」

「タイムズスクエアだって！　おい……！　おれがブチ切れる前にここから出ようぜ」

「なんでだ？」サムはジョニーのあとに続いて、メインコンコースに入りながら尋ねた。

「なんで、だと？　おれは、タイムズスクエアじゅうにいる新聞売りの大半が、その筋だかなんだかのちょうちん持ちだって教えたよな。おまえの追手にだって、連絡をとれる仲間が半ダースくらいはいるはずだ。こうなったら頼みは……まあ、そのうちわかるだろう」

巨大なターミナル駅を急いで通り抜け、レキシントン街側にある出入り口を目指した。外へ出るなり、ジョニーはサムを片側に引っ張り込み、ビルの壁に押しつけて立ち止まらせた。

そのまま二分待って、自分たちと利害関係がありそうな人物が誰も姿を現さないとわかったところで、レキシントン街を進んでいった。五十丁目まで来ると、ジョニーは口を開いた。「これからおれたちは、あのホテルでやっているパーティに押しかけるぞ。やばい相手に会うかもしれないんで、ちょっと物騒だがな。それでもおれたちは、いちかばちかに賭けるしかないんだ」

「おれが今日、切り抜けてきたことを思えば」サムが言った。「たいていのことなら、やる準備はできてるさ。さあ、行こう」

〈フォートナーハウス〉は〈四十五丁目ホテル〉より大きいものの、常連客へのもてなしの点では少々分が悪いように思えた。レキシントン街にありながらも、このホテルはブロードウェイのホテルによくある、広々としたロビーが売りらしい。

ジョニーとサムはエレベーターに乗り込んだ。すでに四、五人の男たちが乗っていたので、彼らがそれぞれの目的階に降りていくのをジョニーは辛抱強く待った。

それから彼は声をあげて、エレベーター係に二十五セント硬貨を一枚渡して言った。

「まいったな！　聞き忘れちまったぞ！　騎手のトニー・ジェヌアルディは何号室だっけ？　おれたち、彼のパーティに呼ばれていてね」

エレベーター係はにやついて言った。「七一一号室だよ。いつもその部屋なんだ。縁起をかついでいるらしい」

エレベーターは降下し、二人は七階で降りた。七一一号室は廊下の最初の曲がり角近くにあった。ドアの前に立つと、賑やかなパーティにつきものの騒々しさが伝わってくる。ドアの上にある仕切り窓にジョニーは目をやり、そこに少し隙間があるのに気づいた。サムにうなずくと、サムは両手をがっちり組んで、あぶみ代わりにしてみせた。

その両手にジョニーが足をかけたところで、サムは相棒の体を仕切り窓の高さにまで持ち上げた。ジョニーは隙間からのぞき込み、パーティの面子をまじまじとながめた。室内には並みより小さい男が四人と、女が四人いた。女はそろってブロンドで、そろって大柄だ。

彼はサムの肩を叩いた。「女だ」彼は言った。「普通サイズの男二人が突入したら、歓迎してくれそうな女たちだぞ」

彼はドアを開けて、陽気に手を振った。「やあやあ、きみたち！」

「手入れよ！」ブロンドのひとりが、悲鳴をあげた。

「フレッチャー！」騎手のひとりが叫んだ。「ユリシーズの持ち主だ。ぶったまげたな！」

「馬主ですって！」別のブロンドが声をあげた。「そうなの……」彼女はジョニーに近づくと笑みを浮かべ、それからサムに視線を移し、片手をサムの腕の下にすべり込ませて甘くささやいた。「あたし、馬主さんってだーい好きよ」

ジョニーだとすぐに気づいた騎手が、親しげに近づいた。「おれはヴィク・カウチだ。あんた、こんなところに顔を出すなんて、ずいぶん大胆だな。町じゅうのおまわりが、あんたを捜しているのは承知のうえだよな」

「おれじゃないよ、なあ、ヴィク」ジョニーが言い返した。「連中が捜しているのはソニー・ウィルコックスを殺した男で、それはおれじゃない」

「違う？　じゃあ、誰なんだ？」

「ハハハ、おれはいままさに、きみたちにそれを尋ねようとしていたところさ」

まるでこの展開をリハーサルでもしていたかのように、四人の騎手がほぼ同時に、一か所に集まり、顔をこわばらせた。ジョニーはヴィク・カウチの肩を叩いて言った。「きみがカウチってことは」今度は隣りの男の肩を叩いた。「きみはきっとトニー・ジェヌアルディだな。イタ公の……」

「誰がイタ公だと？」

「チッチッ。となると、きみらがジェリー・ラザラスとベン・エドサルだから……待て、おれにあてさせてくれ……きみが」ブロンドのほうを叩いた。「ラザラスだな。エドサルは赤毛のはずだから」

「いったい、どうなってんのよ！」ブロンド女のひとりが文句を言い出した。「パーティが台無しじゃないの。さあ、楽しみましょうよ！」

「お楽しみまで、ちょっと待っててくれよ、ベイブ！」カウチが言い放った。「いま、おまわりを呼ぶから」

「いいねぇ」サムが言った。「おまえ、やることがちんけなんだよ」サムは自分の手を取ったブロンド女を押しのけると、カウチの顔を平手打ちした。

体重百五ポンド足らずの小柄な男が吹っ飛び、完璧に宙返りしてソファーにぶつかり、はね返って床に落ちた。カウチはしばらくそのままの体勢でサムをにらみあげていたが、勇気をふるいおこし、猛烈な勢いでサムめがけて突進していった。

それと同時に、残る騎手たちも行動を起こした。全員が身長五フィート三インチ足らずなうえ、体重が最も重い者でさえ百十六ポンド以下だ。サムは五フィート八インチで体重は二百二十ポンド。ただし、バンタム級の連中と比べれば動きはのろい。

カウチが闇雲にサムに襲いかかり、その筋骨たくましい体にパンチを浴びせ続けた。サムにすれば、殴られている感覚すらないようだ。彼はジェヌアルディをつかまえると、その体を丸ごと持ち上げ、左腕の下に抱え込んだ。逃れようとして必死に暴れる相手を押さえつけている間も、ほかの騎手が勢いよくサムにぶつかってくる。

ラザラスが助走をつけて、サムの背中に飛び乗った。サムの喉元に片腕をまきつけ、がっちり締め上げた。あいているほうの手でこぶしをつくり、サムの後頭部を激しく殴りつける。しばらくのあいだ、サムはその男を無視していた。

だがいきなり前にとび、カウチをすくい上げた。多少は手間取ったものの、けっきょくはすでに押さえ込んでいたジェヌアルディと同じ側に、カウチの体まで抱え込んだ。

すっかり見とれてしまって、ぼおっと突っ立っていたジョニーだったが、もはや自分も我慢はしなかった。大声をあげながらエドサルを部屋の隅に追い詰め、平手打ちを二、三発食らわせてから彼の体を引きずって、サムに手渡した。それからサムの背後にぱっと回り込むと、ラザラスを背後から荒々しく引きはがして、ソファーに横倒しし、その体を片手で押さえつけた。

ジョニーの意図を察したサムは、エドサルの体を抱え上げ、ラザラスの隣りにどさっと置いた。それから振り向き、身もだえしている騎手二人の上に腰を落とした。左腕の下で抱え込んでいた騎手二人の体の向きを前後逆にし、サムは膝を組んだ。

「よしいいぞ、ジョニー」

騎手四人による怒声の大合唱がしばらく続いた。ジョニーはラジオに近寄り、スイッチを入れて音量を最大にした。ブロンドの女四人にはウィンクをした。彼女たちはさっきから、事態がさまざまに変化していく様子をびっくり仰天して見入っていたのだ。

「さあ、まともな男二人の仕事ぶりをよく見ときなよ」彼は声をあげながら、強引にヴィク・カウチに詰め寄った。「いいか、このイタチ野郎、おれは今日のいんちきレースのことが知りたいんだ。あの霧の中で何があったんだ?」

「くたばれってんだ!」騎手は叫んだ。

サムは膝の上にのせた男二人を片手で押さえたまま、もう片方の手でカウチにこぶしを振り上げた。一発、二発、三発。カウチが羊みたいな鳴き声をあげたものだから、ジョニーは、この小男はどうやって次の日、馬に乗る気を起こすのだろうかと考えた。

「話す気になったか、ヴィク?」ジョニーが尋ねた。

「なるもんかっ!」ヴィク・カウチがわめいた。

「ひょっとして、こいつなら話すかもな」サムはそう言って、ジェヌアルディに強烈なビンタを三発食らわせ、さらにもう一発おまけしてやった。ジェヌアルディは赤ん坊みたいに泣き出した。

ジョニーがサムにうなずいてみせた。「どうだい、トニー?」

サムがトニー・ジェヌアルディにもう一回ビンタをお見舞いすると、褐色の肌をした小男は勘弁してくれと訴えた。「話す、話すよ」彼がむにゃむにゃ言った。「もう叩かないでくれ。話すから……」「痛っ！」サムが叫んだ。「嚙むなよ、おい！」彼は自分の尻の下にいる男のひとりを激しく打ちつけた。

ジョニーはジェヌアルディの面の前にかがみ込んで問い詰めた。「なぜユリシーズはソニー・ウィルコックスを投げ出したんだ？」

「知るかよ！」ジェヌアルディが泣き叫びながら言った。「蹄鉄を落としたっておれは聞いた。やつがおれたちのはるか先を駆けていって、そのあとで蹄鉄を落としたって」

「誰かが蹄鉄に細工したのか？」

「知らねえ。誰も知らねえよ。おれたちに八百長レースをもちかけたのは、パット・シーだ。そんな必要もなかったんだ。あのとき、ユリシーズはおれたちのはるか先を走っていた。おれたちが乗ってた老いぼれ馬たちに勝ち目はなかった。八百長なんてする必要もないレースだったんだ」

「それについてはどう思う、ヴィク？」ジョニーは隣りの騎手に尋ねた。

「なんの話かまるでわからねえな」ヴィク・カウチがどなった。「おれたちは八百長なんていっさいしてねえよ。パット・シーと話せよ！　あいつがずっとユリシーズに乗ってたんだ。あの馬なら、おれが今日のレースで乗ったボロ馬に大差で勝てたよ」

「それを聞いてうれしいよ。ソニーはどうだったんだ？」

「うまい小僧だった。運が悪すぎた、それだけだ」

「もういいぞ、サム」ジョニーが言った。

サムは二人の騎手を床に放り落とすと立ち上がり、残る二人もソファーから立ち上がらせた。「なかなか楽しかったな、ぼうやたち？」くっくっと笑いながら言った。

ブロンドの女二人が、サムにぱっと抱きついた。「もっと早くに会いたかったわ！」ひとりめが声をあげると、もうひとりがその女の顔を平手打ちした。「あたしのほうが先に唾をつけたのよ。その手をさっさとどけなさいよ……」

「サム！」

ジョニーはすでに戸口にいた。サムはしぶしぶブロンド女たちの手を振りほどいて、ジョニーのあとに従った。女たちが嘆き悲しむなか、彼は出ていった。

エレベーターを待つあいだ、サムは笑い出し、ロビーに下りるまでずっと声をあげて笑いっぱなしだった。そのままずっと笑っていられればよかったが、そうはいかなかった。

レフティと新顔の男が、ホテルの玄関の内側に立っていたのだ。レフティの髪は浅黒く、新顔の髪は見事なブロンドで、ほとんど亜麻色に近かったが、その顔はどちらかといえば、レフティよりもずっと凶暴に見えた。

「よう、お二人さん」レフティが声をかけた。

「どうしてここがわかったんだ、レフティ？」ジョニーが訊いた。

レフティはウィンクして言った。「企業秘密でね」

「ああ、なるほど。じゃ、おれもいいことを教えてやるよ、レフティ。歩道のほうをのぞいてみな」

レフティは素早く頭をめぐらし、回転ドアの反対側を見てたじろいだ。青い制服姿の警察官が、目と鼻の先でドアマンに話しかけている。どうやら警察官は巡回中で、足を止めてしばしおしゃべりをしているようだ。
「じゃあな、きみたち」ジョニーはそう言って、回転ドアを押して通り抜けた。サムがとっととあとに続いた。

外に出て、ジョニーは後ろを振り向き、ガラス越しに目をやった。レフティとその相棒は、ジョニーとサムが立ち去ったとたん、外に出ようとホテル内で身構えている。ウィリー・ピペットはジョニーとサムをつかまえたい。それは警察官も同じだ。だが、警察はピペットのように確信をもっているわけではない。おまけに警察は、二人の外見を知らないのだ。ジョニーは警察と運命を共にすることにした。

サムとともにホテルの前にとどまり、この警官が歩き出すと、二、三歩遅れて二人はあとをついていった。そして四十から五十フィートほど進んだところで、ジョニーが振り返ると、レフティともうひとりがホテルから出てくるところだった。

「勘弁してくれ！」サムがうなった。

「いいときもあれば、悪いときもあるさ」ジョニーが達観したかのように返した。「あのホテルでは楽しくやったが、これからは少々困ったことになりそうだ。今回の件は、おまえに責任があるとおれは思う。おまえが思っていたほど、追っ手をうまく撒けなかったということだ」

「なんでおれが？　おまえさんのせいかもしれないじゃないか」

「かもしれないが、おれはそうは思わない。おれの追っ手はくたくたに疲れ切ったはずだ。それともおれのせいか？　もっとも、どっちに責任があろうが、大した違いはないな。あの二人組を振り切るのは、そんなに簡単じゃないぞ。連中は銃を持っているから、静まりかえった往来をあえて進むのはやめとこう。銃弾からは逃げられっこないからな」

「あいつら、いますぐここで、撃ってくるかもしれないぞ」サムが言った。

「いや、人込みの中にいる限りは安全だ。このおまわりが、グランドセントラルまでずっと一緒に行ってくれることを願うよ」

だが、警官はそうしてくれなかった。四十五丁目に来ると一瞬立ち止まり、通りを横断しかけたものの、そのままレキシントンを進みつづけた。ジョニーはサムを小突くと足を速め、警官を追い越した。二人が四十四丁目となるはずの、行き止まりになったその通りを横切った頃、警官はレキシントン街の反対側、暗くなった側に渡ったのだった。

ジョニーは〈グレイバー・ビルディング〉の入り口に突進し、サムとともにロビーを急ぎ足で通り抜けて、グランドセントラル駅のアーケードに行った。レフティと亜麻色の髪の相棒が追いかけてきて、二人との距離を縮めつつあった。

第十五章

グランドセントラル駅の中で、ジョニー・フレッチャーはあたりを見回し途方に暮れて、〈コモドアホテル〉のバーに通じるドアを目指した。

この時間帯は客もまばらだが、半ダースの男たちがかたまって飲んでいた。酔い方はさまざまなれど、全員が酔っ払っていた。ジョニーとサム・クラッグがその客たちに近づいた頃、レフティと相棒がバーに入ってきて、少し離れたところにいた。

「あのなあ」酔っ払い客のひとりが呼びかけた。「夜はまだ、ほんのとば口だぞ。タクシーに乗って、高級ナイトクラブにでも行こうじゃないか?」

この提案は満場一致で賛同されたが、ただちに行動には移されなかった。あらためて〝おかわり〟を求める声が一巡することになり、どういうわけかジョニーの手にもグラスが握られていたのだ。ジョニーがサムにウィンクすると、サムのほうもバーテンダーに合図を送った。

酔客のひとりが「峠のわが家」を歌い出したものの、「一杯のビールはひとりのため、二杯のビールは二人のため」のほうが好きな酔客の歌声にかき消されてしまった。

ジョニーが客のひとりの肩を叩いた。「なあおい、ここはかなりいい店だけど、おれたちはナイトクラブへ行くって言ってたよな?　出かけようじゃないか」

「よしきた」その酔客が応えた。「でも、どこへ？」

「五十二丁目に〈ブルドッグ＆プッシーキャット〉がある」ジョニーは言った。

「いいね！」

酔客のうち二、三人にバーテンダーへの勘定を任せ、残る客たちはのろのろと店を出ようとする。ジョニーは、そんな酔客のひとりの腕をつかみ、サムもほかの男たちに紛れ込んで歩道に出た。

するとタクシー一台ではとても乗り切れない人数だったので、二台が呼ばれた。ジョニーとサムは酔客三人と一台目に乗り込んだのに、二台目はたった三人しか乗せずに出発してしまった。

ジョニーたちは、さっき歌を歌っていた二人と乗り合わせた。「峠のわが家」を歌った男が声をあげて泣き出したかと思うと、急に泣きやんで、太い指でジョニーを指さした。「なあ、あんた、どっかで見た顔だな」

「あんたの顔もだよ」ジョニーがにやっとした。「前にどこかで会ったかい？」

「ミルウォーキー（ウィスコンシン州の都市）かな？　いや、あそこじゃない。オマハ（ネブラスカ州の都市）か？　いんや、おれはオマハに行ったことがねえ」

「シャイアン（ワイオミング州都）かな？」ジョニーは言ってみた。

「シャイアンだ！」もうひとりが叫んだ。「それだよ、シャイアンで七月にあった、フロンティア・デイズのときだ」

「あたり」とジョニーは言って、サムの胸を叩いた。「あんたとも、そこで会ったんだったよな？　そうだ、間違いない。いや、いまは言わないでくれ。あんたは赤子牛の角をつかんで、首をひねって倒したんだったよな？」

「おれが？」サムは言った。

「そう、あんたがだよ。しかも、そんなにうまく倒せなかったんだった」

「そんなことはないぞ！」サムが叫んだ。「おれは優勝目前だったんだ」

「へへへ！」別の客が声高に笑った。「やつは優勝目前だった。牛に倒されてなければ、勝ってたって言うんだろ？　へへへっ」

「つきましたよ」タクシー運転手が声をかけた。車を降りてドアを開けてくれた。

もう一台に乗った三人はすでに到着していて、ドアマンと激しくやりあっているところだ。ジョニーがゆっくり近づいた。「どうしたんだ？」

「こちらの紳士方のお友だちですか？」ドアマンが尋ねた。「みなさんにお伝えしようとしているんですよ。店は満席だということを。でも、どうもご納得いただけないようで」

「そりゃ、おれもだよ！」ジョニーが声を張りあげた。「満席って、どういうことだ？　おれたちはワイオミングからはるばると、ここ〈ブルドッグ&プッシーキャット〉に来るためだけにこの町に来たんだぞ。なああんた、おれたちはシカゴに滞在して金を使ったってよかったんだ。貨車十八両分の去勢牛を売ってきたから、ゼニもたんまり持ってんだよ。町じゅうを真っ赤に塗りつぶすほどにな。だが、シカゴで金を使ったかって？　えっ、あんたはどう思う？　使っちゃいねえんだよ。おれたちは金を持って、ここニューヨークに来るなり、〈ブルドッグ&プッシーキャット〉に直行したってわけだ。そんでもって、あんたさんは、おれたちに満席だって平気で言えちゃうのか。ええ、あんた……？」ジョニーは自分の役柄に没頭していた。「なあ、あんたは礼儀知らずの無知な人だよな。あんたらドアマンのことは話には聞いているよ。あんたらは自分たちの店でどんちゃん騒ぎなんか迷惑だと思っている、だから満席だって言って断るんだ。じゃ、いいことを教えてやるよ。ここにいる小さい男だ……」と、サムの肩を叩いて彼は続けた。「何者なのか知っているか？　彼はワイオミングのジョンソン郡の家畜王なんだぞ。シカゴの大規模畜産飼養加工場（ユニオン・ストックヤード）にいる牛よりもはるかに多くの牛を飼ってんだ。なああんた、彼を怒らせてみろよ、こんな掘っ立て小屋みたいな店なんか買い叩いて、店丸ごとをワイオミングにある彼の土地まで送りつけられちまうぞ。だからいいか……」

「はい、はい、承知しました。申しわけございません」ドアマンが慌てて言った。「いま思い出しましたが、一卓あいておりました。ブレンダ・ボストンご一行様よりキャンセルが出たのです。お客様、すぐお通しいたしますので……！」

一団はナイトクラブになだれ込んだ。店に入るとボーイ長に案内されて、携帯品の一時預かり所に移動して帽子を預けた。

ジョニーは帽子を脱ぎ、ポケットから蹄鉄を取り出した。彼はそれを今日の午後からずっと持ち歩いていたのだ。「おれの幸運を預かってくれ」彼は係の女性に言った。

係の女性は蹄鉄と帽子を受け取ると、ジョニーに合札を渡した。彼女はほろ酔いの客たちがとる奇行には慣れっこなのだ。そういう客ほど決まって金払いもよかったから。

一団はクラブの奥へとさらに進み、テーブルがぎっしり並んだ細長い部屋に入った。そこは客たちが、テーブル間をかろうじて通り抜けられるほどの隙間しかなかった。ウェイターは部屋の右端にある小さなテーブルに彼らを案内したものの、とてもじゃないが全員は座りきれない。そこで手を叩くと、二、三人のウェイター見習いが別のテーブルを、食事中の客たちの頭上をつかって運んできた。それを小さいテーブルにくっつけて、八人からなる一団は、テーブル二卓を取り囲み、ぎゅう詰めになって座った。

注文をとりにきたウェイターを、酔客のひとりが手を振って追い払った。「シャンパンだよ!」彼はわめいた。「シャンパン以外は持ってくんなよ……」

「特大ボトルでな」ジョニーが付け加えた。「とくだ……」言いかけてやめた。

二つ離れたテーブルに、ヘレン・ローサーが彼と向き合うように座っていたのだ。彼女は金色のラメがちらちら光るイブニングドレス姿。一緒にいるのは、若き弁護士チャールズ・コンガー、そして彼女の伯父のアルバート・シブリーだった。

ヘレンはジョニーのことをじっと見ていた。ジョニーは立ち上がり、店の出入り口のほうに目をやり、それからナイトクラブにいる客をひとわたりながめた。レフティと亜麻色の髪の相棒はいない。どうやら連中は、ここのドアマンを突破できなかったようだ。だが、店の外にはいる。それは間違いない。

「なあ、すぐに戻るよ」彼はテーブルにいる一団に声をかけた。細長い通路を縫うように進み、ヘレン一行のいるテーブルへ向かった。

ヘレンが彼を見上げた。顔が上気している。でも、何もしゃべらない。

「サプライズだよ!」ジョニーは言った。

コンガーが首をぐるっと回した。「あなたは! どうして……」

「しーっ! 壁に耳ありだぞ。こんばんは、ミスター・シブリー、ミスター・ボンガー」

「コンガーです」若手弁護士が言った。

シブリーがジョニーに向かって人差し指を突き立てた。「ブラザー・ジョーの勘違い野郎だな!」

けた。

「相続人だよ」ジョニー・フレッチャーは訂正した。「あんたにとっては、馬のお世話係かな。ちょっと座ってもいいかい？」返事も待たずに、彼はテーブルの脇にあった四脚目の椅子にさっさと腰かけた。

コンガーが冷ややかな視線を向けた。「賭けに出たんですか、フレッチャー？　たしか警察が、あなたを捜しているのでは？」

「またまた〝しーっ！〟で頼むよ」ジョニーがたしなめた。「おれは潔白だ。あの気の毒な若者の死と、おれはなんの関わりもないんだ——あんたよりもな」

「あなたが潔白ならば」コンガーは言った。「出頭して、いい弁護士を雇うことですよ」

「いい弁護士とやらを推薦してくれるかい？」ジョニーは茶化し気味に返した。そして、相手の返事を待たずに、ヘレンのほうを向いた。「ミス・ローサー、おれがここに来た本当の理由は、あんたに伝えたいことがあったからだ。おれはおとといからずっと、弁償したいと思っていたんだよ。あんたの車を傷つけちまったんだからな。修理代を教えてくれれば……」

「そんなこと、もうどうでもいいわ」

「いや、それじゃ困る。おれは支払いはきっちりやらないと気が済まないんだ。いくらかかったんだい？」

「かかってないわ。ただのかすり傷だもの」

「だが、あんなにきれいで、新品で、鮮やかなイエローのクーペだ。なんたって、二千五百ドルはする車だ……」

ジョニーは、ヘレンが投げつけてきた短剣みたいに鋭い視線を、まばたきしてそらした。

「ミスター・フレッチャー、あんたって、ほんとに変わり者ね」彼女は冷ややかに言った。「これまで、まじめになったことなんてないんでしょうね――警察がとびかかろうとしているこんなときでさえ、こんなだもの！」

「あんなに美しい高級車に関してはまじめになるさ、ミス・ローサー……」

「冗談はよしてよ。あんなの、ただの古いロードスターだってこと、知っているくせに」

ジョニーはコンガーのほうをちらっと見た。弁護士の視線はヘレンの目に向けられていた。ジョニーは黙ってうなずくと、アルバート・シブリーのほうを向いた。「ミスター・シブリー、あんたの兄さんに最後に会ったのはいつだい？」

「十五に……いや、あんたには関係ないはずだ！」

「言ってはなんだが、おれはジョーの親友、唯一の友人だったんだ」

「それを大いに自分の手柄にしているわけですね、フレッチャー」コンガーが、そっけなく口をはさんだ。

「ジョーは遺言で、おれを気にかけていることを示してくれた。おれだって、彼に対して同じような気持ちを抱いていたと書き加えたかもしれない……」

「そりゃそうでしょう、彼が裕福なことをあなたはご存じだったのですから」

「おれはジョーに何も求めなかった。だからこその結果なんだよ」

「あなたは筆頭の遺産受取人です」

「なんのだ？　馬一頭だぞ。ユリシーズはいま三歳で、おそらく三十年は生きるだろう。その頃にはおれはよぼよぼの年寄りだぜ」

「あの馬は、そう長くは生きないかもしれない」シブリーが意味ありげに言った。「実際のところ、今日あの馬が殺されなかったのは、奇跡に近いと言ってもいいかもしれない」

「どういうことだ？」ジョニーが慎重に言った。

「落鉄（らくてつ）だよ。レース中にあんなものが緩むなんてな。馬が転んで脚を折るおそれだってあった。馬が脚を折ったらどうなるのか、あんたも知っているだろ？」

「いや、知らない」

「射殺だ」

ジョニーが弁護士をさっと見やると、相手はうなずいた。「ぼくが警察の一員なら、彼らがするのと同じ質問をあなたにしたいところですね」

「たとえばどんな？」

「たとえば、なぜあの馬はレース中に落鉄したのか？」

「まさにその質問を、おれはレース直後にしたよ。ソニーは、わからないと答えた」

「で、彼は殺された。彼は蹄鉄で頭部を叩きつぶされたのです」

「蹄鉄で？　新聞にはそんなこと書いてなかったぞ」

「新聞記事は鈍器と記しただけです。蹄鉄だったんですよ」

「ジョー・シブリーも、蹄鉄で殺された」ジョニーがゆっくりと言った。

「偶然とは言えませんね」

「ああ」ジョニーは言った。

「どういうことだ？」アルバート・シブリーが声をあげた。

「ジョーはあの馬を仔馬のときから育てていた。彼にとってはペットも同然。そのうえ……」

「なんだ？」

「ジョーが殺されたのは確かなこと。殺される半時間前に客が来ていた。その人物はジョルダンビルにオフィスを持っている――ミスター・コンガーも、そうだよな？」

「ぼくのオフィスはジョルダンビルにあります」

ジョニーは咳払いをした。「大きなビルだよな？」

「ええ。さて、そこまで話したのなら、言うだけ言ってしまってはどうです？　シブリーを訪ねた人物がジョルダンビルにオフィスを持っていることを、どうやって知ったんですか？」

「そこは、おれの切り札なんでね」

「切り札はほかにもお持ちで？」

「一枚か二枚かな」

「でしたら、その一枚も出してしまったほうがいい。というのも、ここから少し離れたテーブルに着席したばかりの男がひとり、どうやらあなたにひどく興味をもっているようです。男の名は、ピペットで……」

ジョニーは体をぐるりと回して、小さいテーブルの前にウィリー・ピペットが座っているのを見た。一緒にいるのは亜麻色の髪をした子分だ。ジョニーと目が合うと、人差し指を立ててみせた。

「おれが死んだら花くらいたむけてくれよ」ジョニーが言った。

ヘレンが彼をぱっと見て言った。「あんた、何言ってんの？」

ジョニーは頭を振った。「ミスター・ピペットはとことん悪党だ。そしてやつはおれのことが嫌いなようだ」

「ピペットは私設馬券屋です」コンガーが説明した。「おそらく、この町で一番の私設馬券屋ですよ。今日のあるレースについて噂になっていました……」

「あんた、いろいろ知ってるんだな、ミスター・コンガー」

「同じビルにオフィスがありますから。クライアントだっていないわけじゃない。いずれにせよ、ぼくのところにも内密情報の提供がありましてね。ある馬が今日は勝つことになっていたと……」

「ユリシーズのことか？」

「それが馬の名前でしたか？　いずれにせよ、その馬主は取引に応じた。相手はピペットらしい――ところがピペットは裏切られた。彼を敵にまわせば、とんでもないごたごたに巻き込まれるのは、ずっと前からよく知られた話です」

「くどいな」ジョニーは言った。「くどいよ、あんた」

彼は立ち上がってピペットのテーブルまで歩いていった。すぐさまサムが合流した。

「座ってくれ、フレッチャー」ウィリー・ピペットがよどみなく言った。

ジョニーはそばにあったテーブルから椅子を一つ持ってくると、ピペットと向かい合うようにして腰かけた。サムは立ったままでいた。

「やあ、ウィリー」

ピペットが、光った指輪を三、四個はめた太い手を振りまわして言った。「フレッチャー、おれが今日、あんたのせいでいくら使ったかわかってんのか？」

「おれのせい？」

「八万ドルもの損だぞ。予定通りユリシーズが来たら、四十は勝つはずだった」

「そりゃ大損だったな、ウィリー」

「さすがにな。だがおれはギャンブラーだ、日々リスクはつきもの。負けたからって泣きはしないよ。金じゃないいんだよ、フレッチャー。おれはこれまで誰にも裏切られたことがないいんだ」

「一度も？」

「一度もだ——だからこれまで、やってこれた」

「なあ」ジョニーは言った。「おれの馬は今日のレースに登録されていた。勝つために調教もしたし、騎手は精一杯うまく乗ったと信じている。その騎手が落馬したのは、まったくの事故としか……」

「そうかね？」

「あの時点では先頭だった。おれ自身がユリシーズに千三百ドルを賭けたことを忘れないでくれよ。おれだって、十六対一のオッズで大儲けしたはずなんだ」

「まったくその通り。だが、おれはこういうことも忘れちゃいない。あんたは出走予定時刻の五分前に、たまたまおれと会うまでは、金を賭けていなかった」

「あのときおれは、まさに金を賭けようとしていたところだった」

「さらに思い出したぜ」ピペットは続けた。「おれがやった金だってことをね」

「おれが勝ち取った金だ」ジョニーは言い直した。

「いいだろう、そう言っとくとしよう。ユリシーズがあのレースで負けたことは変わらない。あんな事故がまぐれで起こるなんてあり得ない。あの蹄鉄には細工がされていたんだ」

「それについては、おれの預かり知らぬことだ」

「あんたは、ソニーから蹄鉄を受け取ったな。あれはどうしたんだ？」

「幸運のお守りとして受け取っただけだ。ほら、ドアに釘で打ちつけておこうと思ってさ」

「その蹄鉄はいまどこにある？」

「さあてな。どこかに置いてきたに違いない」

「よく考えろ。あの蹄鉄をおれにくれ」

「あんなの、どうするんだ？　ただの蹄鉄だぞ」

「じっくり調べたいからだ。小細工がされていなかったか、確認したい」

「小細工がされていたら？」

「そのときは、やったやつを見つけ出すまでだ。最後に蹄鉄を手にしたのはいつだ？」

「競馬場を出たときだな、たぶん」

「ステーションワゴンは駐車場に置き去りにしていったよな。あの車の中にはなかったぞ。競馬場を出てからどこへ行ったんだ？」

「町だよ」

「町のどこだ、フレッチャー？　おれに一から十まで質問させるなよ」

「〈四十五丁目ホテル〉の真向かいにあるホテルだ」

ウィリー・ピペットが、亜麻色の髪の男のほうに頭を傾げた。「よしホワイティ、オットーへ電話しろ」

ホワイティが立ち上がって出入り口のほうへ向かった。サムはあいた椅子に座るなり、口を開いた。

「なあ、ウィリー。おれは、あんたが雇ったならず者どもにつきまとわれて、うんざりなんだ……」

「うるさい！」

「おい、誰に向かって口をきいてんだ。おれが何も知らないとでも……」

「もう言うな。おれが指一本立てるだけで、少なくともこの部屋にいる四人が、あんたらを狙い撃ちするぞ。それに、警察のことも忘れるなよ」

「ああ、そうだな」ジョニーは言った。「なあ、ウィリー、あんたはおれのことを勘違いしているよ。初めから誤解しているんだ」

「だとしたら、謝ってやる。そもそも、なぜおれのポーカーゲームに乱入したんだ？」

「なぜかって？　ポーカーがやりたかったからだよ」

「おれたちのゲームがどんなものか、まるで知らなかったくせにか。あんな賭け方は、あの場ではまるでそぐわなかった。目的はなんだったんだ？」

ジョニーはため息をついた。「あんたが大物の賭け屋だと教えられたからだよ、ウィリー。じゃあ、持ち札を見せるとするか。見せたところで、あんたくらいの大物なら、よもや言い逃れなんかしないだろうし。もっとも、あんたがふだんどれだけ公正さに欠けているのかは、神のみぞ知るだけどな」

「フレッチャー、おれは説教が聞きたけりゃ、教会へ行く。単刀直入に言ってくれ」

「つまり、ジョー・シブリーのことだ。二週間前、何者かが彼を殺そうとした。おれは彼の命を救った。だから彼は、おれに遺産を分けると遺言状に書いた。そうか、それだな！　この二週間のあいだに、彼が遺言状の中身を書き換えたことに重要な意味があるんだ。そのせいでジョー・シブリーは悩んでいた。そして二日前、とうとう殺された……」

「殺された？」

「そうだ。警察は、彼の死を馬による事故死とした。でも、そうじゃなかったんだ。彼はおれの友だちだ。おれは友だちを殺したやつを見つけてみせる」

「あんたはデカじゃないぞ」

「ああ、だがな……」

「いまはおまわりがやたらにいる。素人の出る幕などないんだ。もしあんたがジョーの死について何か知っているのなら、おまわりに伝えろ。殺人犯を見つけ出すのは連中の仕事だ。カモから金をせしめるのが、おれの仕事であるようにな。カモときたら、自分の予想が外れるわけがないと思い込んでいる」

ジョニーは座っていた椅子を後ろへ押しのけた。「もうこれくらいにしようや、ウィリー。これ以上、話すことなど何もないぜ」

「そうでもないぞ。あの蹄鉄をどこへ置いてきたんだ?」

「あんたの頭の中は、それしかないのか。もう忘れちまったよ」

ジョニーは立ち上がると背中を向けて、アルバート・シブリー、ヘレン・ローサー、そしてコンガーのいるテーブルへ向かった。戻りつく手前で、ウェイターに肩を叩かれた。

「すみません、お客様。当店では、テーブルをはしごされることはお断わりしております」

「テーブルのはしご?」

「テーブル席を次々に移られることです。先ほどから支配人がずっとお客様の様子を拝見しておりまして……」

「支配人って誰だ? ミスター・子猫（プッシーキャット）ちゃんかい?」

ウェイターはひるんで言った。「ミスター・エルコです」

「〝ノー〟と言っといてくれ」

「すみません。〝ノー〟というのは？」

「ノーなんだよ。おれはそいつのために小切手を現金に換えたりしないってことだ」

「小切手？……あいすみませんが……」

「あんたの話じゃ、支配人が小切手を換金してほしいってことだが、おれは見も知らぬやつには絶対にしないんだ。支払い保証小切手でない限りだめだから、支配人とやらをおれの前につれてきてくれ、わかったな？」

煙に巻かれたウェイターはぶつぶつ言いながら、肩をすくめて奥へひっこんだ。ジョニーは六人の陽気な酔っ払いがいる、二卓並べたテーブル席に戻った。どういうわけか、きらめく黒のイブニングドレス姿のブロンドがひとり、グループに加わっていた。

「さて、ご同輩方」ジョニーは声をかけた。「そろそろお開きの時間じゃないかね？」

「誰だあ、おまえは？」酔客のひとりがジョニーを胡散臭そうに見て言った。

「おれか？」ジョニーは笑った。「シャイアンを忘れたかい？　フロンティア・デイズだよ、この前の七月の……」

「シャイアンなんて、行ったことあねえよ！」男は切り返した。「もっと言わせてもらえばなあ、あんたは垢抜けた都会っ子だよな。あっちへ行きな！　さもないと支配人を呼ぶぞ」

ジョニーにしてみれば、何がなんでも追い出されるわけにはいかなかった。外にはレフティがいる。店内にはウィリー・ピペットとホワイティがいる。おまけに連中のそばには援軍さえいるかもしれないのだ。大勢の客たちに紛れているからこそ、ジョニーの身の安全は確保されていた。

それなのに彼とサムは、どうやら孤立してしまったようだ。行き場を失ったジョニーは、洗面所へ向かった。サムも重い足取りですぐあとを追った。

そこでもまた、人目を避けることはできなかった。黒人の接客係が靴磨き用のブラシと衣服用の小さなブラシを手に、二人目がけてまっしぐらという勢いだ。そんななか、ジョニーは小さな電話ボックスを見つけ出した。とっさのひらめきでそこに飛び込み、ドアを閉めてしまった。

彼はニッケル硬貨一枚を投入して電話をかけた。交換手が応答するなり、低く張りつめた声で告げた。「消防署に――急いでくれ、頼む……急いで！」

すぐさまつながると、いきなり興奮した声で受話器に向かった。「消防ですか？……急いで、西五十二丁目にある〈ブルドッグ＆プッシーキャット〉でひどい火事なんです！ 厨房でガソリンが爆発して……たいへんだ……！」

彼はいきなり電話を切って、電話ボックスから飛び出した。

「手を洗いませんか、お客さん」待ち構えていた係員が声をかけた。

「もちろん！」

係員はとっくにボウルに水を溜めていて、ジョニーは石けんを受け取り、のんびりと両手を洗いだした。サムはじれったそうに片足で床を踏み鳴らしている。ジョニーが手を乾かしていると、洗面所のドアが開いて、ホワイティが中をのぞき込んだ。サムがつかまえようと手をのばしたが、さっと体をひっこめられてしまった。

「オーケー、サム」ジョニーは声をかけ、係員に二十五セントを渡すと、フンと鼻を鳴らされた。

洗面所を出た二人は、店の中へ戻った。

「誰に電話をかけたんだ？」サムが小声で訊いた。

「驚くなよ、サム」ジョニーが声を落とした。「ここですごいことが、すぐに起こるからな。がんばって、おれがやるとおりにやれよ。最後までいっきに突っ走るぞ」

店の入り口あたりで、女がヒステリックに悲鳴をあげた。店の中が急に騒がしくなった。ジョニーは声を限りに叫んだ。

「火事だ！　火事だ！　火事だぞ！」

その効果たるや、この場で手りゅう弾がいきなり爆発したらこうなるだろうという、思いつく限りのことが起こった。女たちは悲鳴をあげ、男たちは声を嗄らして叫びながら、ばたばたと移動しだした。テーブルのいくつかはひっくり返された。

ジョニーはたじろぎ、パニックの中で怪我人が出ないことを祈った。

消防士たちが店内に飛び込んできた。力強い声が届いた。「みなさん、落ち着いて！　状況はすべて管理下にあります」

「火事だ！」ジョニーは叫びながら自在戸へ急いだ。両開きの扉の先は厨房だ。

数人のウェイターと消防士全員が消火器と斧を手に前進してきた。行く手にいた男も女も彼らに道を譲り、消防士たちはひとかたまりになって厨房へ続く自在戸に突進していく。みな大男で、ゴム長靴にゴム製のスリッカー（丈の長いゆったりしたレインコート）姿、大きなヘルメットもかぶっていた。

ともかくも、ジョニーとサムは消防士たちに紛れて、一緒に厨房になだれ込んだ。〈ブルドッグ&プッシーキャット〉ほどの繁盛店にしては、あまりにも狭い厨房だった。半ダースの料理人たちは、消防士たちの勢いに押されてうろうろするばかり。コンロにかけていたヤカンや鍋はひっくり返る。まさにそのとき、ジョニーとサムは、食料貯蔵室の扉の前で、二人の消防士を引きとめたのだ。「やあ、みんな」ジョニーは酩酊した振りをして言った。「おれたち、外で待ってる女の子たちをちょっとからかいたいんだよ。そのスリッカーとヘルメットを拝借できないかい？　ほんの数分だ、どうだろう？」

「ちょっと、あんた！」消防士のひとりが息を切らしながら言った。「冗談もいいかげんにしてくれ。そんなこと、できるわけが……」

「だめかい？」ジョニーはその消防士の目の前に、二十ドル札を見せびらかしながら尋ねた。そして親切にもパントリーへの自在戸を押し開けてやり、彼を先に入らせたのだ。

二人目の消防士が、サムに強引に押されてあとに続いた。「いいか、ちょっとだけだぞ！」と言いながら。

「もちろん、もちろん。ここにいれば誰にも気づかれないし、すぐに戻るからさ」

ジョニーはすでに拝借したスリッカーを着はじめていた。ヘルメットはぶかぶかで、目が隠れてしまいそうだ。スリッカーのベルトをしっかり締め、襟を立てると〝これも〟とねだって、消防士用の斧まで持たせてもらった。

「二分で戻るよ」彼は言った。

パントリーをそっと出て、騒然とした厨房に入っていった。サムはジョニーにずっとつかまりながら、〈ブルドッグ&プッシーキャット〉内をあたふたと動きまわる大勢の中をかき分け出ていった。

「みなさん、落ち着いて」ジョニーがコートの襟に顎をうずめるようにして、声を張りあげた。「火はすでに消し止められました」

彼は体の正面に斧を掲げると、しっかりした足取りで、ナイトクラブの出入り口に向かって進んだ。左右は見ないようにした。店の出入り口は野次馬たちでごった返していたけれど、消防士には優先権があった。二人が歩道に出ると、そこに集まっていた消防士たちがホースをのばし、筒口(ノズル)を抱えて店へ入ろうとしていた。

「そこの二名、急いで手を貸してくれ」有無をも言わさぬ声が聞こえた。

ジョニーは軽く会釈をして、はしご車の近くへ走っていった。その端っこまで来たとたん、スリッカーを脱ぎ捨て通りに放った。続いてヘルメットも。

「用意はいいか、サム！」

サムのヘルメットが、カタカタと音を立てて歩道に転がった。するとジョニーが駆け出し、サムが鈍い足音を立ててあとに続いた。二人は六番街に来てようやく立ち止まった。そこで振り向き、追っ手がいないかだけを確かめた。

いなかった。

それでも、ジョニーとサムは六番街を小走りで進み、五十丁目まで行った。そこにある〈ラジオシティミュージックホール〉は、最終公演がはねて観客が出てくるところだった。どっとあふれ出てくる人ごみに紛れて、二人は七番街にある〈ロキシーシアター〉まで五十丁目を西へ進んだ。

「おれは今日ひと晩だけで、十歳はふけちまったよ、ジョニー」そこにきて、サムがぼやいた。「これまで生きてきたなかで、ここまでせせこましい場所を逃げまわるなんて初めてだ」

「それでもまだおれたちは、危機から脱していないんだぞ、サム。いま深夜零時過ぎだが、どこかのホテルに逃げ込むなんて危なすぎる。この町にはウィリー・ピペットの息のかかった連中がたんといるからな。やつが町じゅうにあるホテルに、自分につながる客引きを抱えていて、そうした連中すべてにおれたちを見張るよう指示を出したとしても、おれはちっとも驚かないぜ」

「だけど、夜中に往来を歩くわけにはいかないぞ。おまわりが……」

「ああ。通行人もまばらになってきた。おれたち、人目をひいちまうからな。どこか人が大勢いる場所を見つけなきゃいけない」

「おれは手持ちが二十ドル足らずだよ、ジョニー。あのクラブでは一セントも払わずに済んだが、今夜はもう同じ手は使えないぜ」

「わかってるって。こっちは手持ちが十二ドル足らずだ。二人合わせて三十二ドルか。鉄道駅は危険すぎる。今頃はもう、連中も気づいているはずだ。バスターミナルは……だめだ。連中はそこも見張っているだろう。空港だって同じことだ」

「じゃあ、どこへ行く?」

「さあて」

「それってつまり降参ってことかい、ジョニー? あんたが降参するなんて、おれには初めてのことだよ」

サムがいきなりジョニーの腕をつかんだ。「ジョニー、後生だぜ――」彼は震える指で、通りの反対側を指さした。

その指さす先をジョニーも見て、うなり声をあげた。「あいつ、今日の夕方、おれが撒いた新聞売りだ! この通りの新聞スタンドで何やってんだ?」

「知るかよ、でも――くそっ、やつに気づかれちまったぞ！」

「いいかげんにしてくれ！」ジョニーがやけになって叫んだ。

甲高い笛の音が七番街に響きわたって、その新聞売りが通りの反対側にある、別のスタンドにいた男に呼びかけた。

ジョニーは大慌てで四十九丁目を目指して駆け出し、通りを渡るとすぐさま角を曲がって西へ向かった。サムもあとに続いた。

通りの中央に赤いランタンがいくつか立ててあり、赤いガードレールがマンホールを取り囲む。どうやら市の下水道作業員が通りの下、地下で修理作業中らしい。

ジョニーはガードレールを目指して走り、急いで乗り越えて、前にかがんでマンホールをのぞき込んだ。サムもガードレールを乗り越えると、うろたえて叫んだ。「ジョニー、無理だって……」

「無理なもんか！」ジョニーはどなった。「下へ下りる梯子があるじゃないか」

そう言ってかがみ込んだ彼は、梯子の一番上の横木に足をかけたかと思うと、あっという間に姿を消した。サムもあとに続いたとはいえ、穴に落ちていったも同然だった。

穴の底は地上から十フィートほど下にあり、ほのかに明るかった。ジョニーは梯子の最後の段から下りると、低い声で歓声をあげた。

トンネルは彼がかがまずに歩けるだけの高さがあり、下り立った地点から左右にのびていた。右手の先、五十フィートかそれ以上離れた奥のほうでは、電灯が上下に動いている。

ジョニーはそちらの方向を目指した。サムがぶつぶつ言いながら、後ろからついていく。

前方で明滅する光の中に、二つの人影が浮かびあがっていた。ジョニーとサムが近づくと、人影は動きを止めた。

「おい！」ひとりが叫んだ。「いったい何を……」

「検査官です」ジョニーは短く言った。

「こんな夜中にか？」

「邪悪な者どもが、ふかふかの寝床で眠りをむさぼり」ジョニーが詩的に言った。「かたや誠実な働き者は――そう、あなたとわたしのように――夜更けまで骨折って働くのだ。その明かりを貸してもらえませんか？」

「はあ？　おれたちだって、ないと困るんだ」作業員のひとりが叫んだ。

「わたしもです」ジョニーは言った。「それにとっても困るんです！　まあ、ここはひとまず座って一服してくださいよ」彼は作業員の一方から電気式ランタンを受け取ると、そばを離れようとした。

サムが続いて歩き出そうとしたところへ、しゃがれた怒鳴り声がトンネル内に響きわたった。「おい、聞こえるか。誰かそっちへ下りていかなかったか？」

ジョニーは振り向き、両手で口元を囲い、声色を変えて言った。「あんたには関係ねえよ！　うちに帰って、さっさと寝るこった」

「なんだい、いまのは？」作業員のひとりが声をあげた。

「ただの酔っ払いですよ」ジョニーは言った。「では検査官、とりかかりましょう」

「了解」サムはそう言うと、トンネルの中をとぶように前進していった。

少し進んだところでトンネルが折れ曲がっていた。曲がりきったところでジョニーは立ち止まり、明かりを向けないようにして、後方を見やった。

うすぼんやりした光だが、その光にあたった人影があちこち動きまわっているようで、鈍い靴音が耳に届く。「急げ、サム」ジョニーはささやいた。「どうやら、おれたちには連れがいるみたいだぜ」

「下水道にまで下りてきやがったか！」サムがうなった。

「ウィリーのやつ、おれたちに懸賞金でもかけたに違いない。さもなきゃ、やつは自分の手下のギャングたちを相当に鍛えあげているな。連中の追跡ぶりときたら、けたはずれのしつこさだ」

サムとジョニーは電気ランタンで前方を照らしながら、ジョニーを先頭に下水道をひたすら歩いて行った。管内は暑いし臭うし、下水道管がでこぼこしているところもあれば、パイプやらケーブルやらが頭上で交差していて、身をかがめないと進めないときもあった。

数分ごとに立ち止まっては、ランタンを消してみた。後ろから来る足音もそのときばかりは弱々しい。明かりがないことには、追っ手もスピードを上げられないのだ。

トンネルはあちらこちらで別のトンネルと交差していて、ジョニーは追っ手を撒(ま)くために、交差したトンネルへ移っていった。五分ほど進んだところで、自分たちがどこをどう進んでいるのかすっかりわからなくなっていたが、もう気にしなかった。ニューヨークのどこかには出られるはずで、タイムズスクエアから離れられれば、それだけで文句なしだった。

二人の旅は果てしなかった。ジョニーはぐったりしてもなお、歩きつづけた。ランタンを頭上に高く掲げて歩いていると、ところどころでマンホールは見つかるが、決まって梯子はついていない。マンホールの重い蓋は、何か足場でもなければ、とうてい持ち上げられはしなかった。

だがついに、トンネルと交差した、太い水道管から一フィートほど上にある、マンホールの蓋に出くわした。そこでジョニーは前かがみになり、背後からサムが水道管に足をかけて踏みあがる。両脚を広げ、水道管をまたいで踏んばって手をのばせば、マンホールの蓋にどうにか届く。サムは蓋を押し開けようとうなり声をあげ、再び押してみた。ひと筋の光が、トンネル内に差し込んだ。

彼はジョニーに手をさしのべて言った。「出られるぞ」

ジョニーは両手で相棒の手首をつかみ、この大男に水道管の上に引っぱり上げてもらった。そこからサムがあらためて手をのばし、最後のひと踏んばりでマンホールの蓋を通りの側にどんと押し出した。そして、開いた口のへりをつかんで、よじ登って外に出ると、その場から手をのばし、ジョニーが外に出る手助けをした。

蓋を元どおりに戻してからあたりを見回して、自分たちがどこに出たのか確かめた。

薄暗い通りの両側から、黒っぽい倉庫みたいな建物が迫ってくる。

「きっとバッテリーパークあたりだな」サムが言った。「少なくとも十マイルは進んだよ」

「そんなには行ってないぞ、サム。おそらく五、六マイルくらいだ。たしか、おれたちが入ったのは四十九丁目と七番街のところだったから、グリニッチヴィレッジあたりのどこかか、あるいは反対の方角に行ったとすれば、百十丁目あたりか。すぐにわかるさ。あの角に、通りの標示板があるぞ」

足早に曲がり角まで行くと、ジョニーはびっくり仰天して声をあげた。「四十一丁目と六番街だと！　たった九ブロック、半マイルも進んでないのかよ！」

「まさか！」

「公園があるぞ」ジョニーは言った。「おまけに四十二丁目はすぐそこだ。何時間もかかって、ちょいと南へ移動しただけかよ……あそこのレストランの窓から時計が見えるぞ」

時計は深夜一時二十分を示していた。

「おれたち、さっきのほうがまだましだったってことか！」サムがうんざりして叫んだ。「それでなくても、もうくたくただ。もう一ブロックだって歩けそうにないよ。こうなったら勝手につかまえてくれだ、かまうもんか」

「おれも、同じような気分になってきたぜ」ジョニーも疲れ切って告白した。「ホテルにも行けないし、鉄道駅も無理だ……待てよ……タクシーがある！」

「ひと晩じゅう乗ってるつもりか？」

「違う、ロングアイランドへ行くのさ。やつら、おれたちをグレートネックのホテルまで捜そうとは思わないだろう。それにウィリーの商売は、そんなに遠くまで手を広げてはないはずだ」

ジョニーは角にいたタクシーに近づき、ドアを開けた。「運転手さん、グレートネックまではいくらになる？」

「グレートネックだって？　本気で言ってんのか？」

「本気だよ、ロングアイランドにある村だ。二十マイルくらい先かな」

「たまげたな。そんなに長距離なうえ、帰りは空車で戻って来るとなると、十二ドルでどうだ？」

「よし決まった！」

サムがジョニーの隣りに座り込むと、タクシーは出発した。車は五十丁目で東に曲がり、一番街まで直進したら六十一丁目まで北に進み、そこで道を突っきってイースト・リバー・ドライブに入った。

ジョニーはシートに体をあずけて目を閉じた。それが一瞬だったかと思うほど、サムに体を揺すられ目を開けた。

「グレートネックだぞ、ジョニー。運転手さんが、どこまで行くのか教えてくれってさ」

ジョニーはうなった。「マンハセットだよ。すばらしいわが家があるのに、ホテルに泊まるわけがない」

「マンハセットだって！」運転手が叫んだ。「それじゃ二、三マイルほど引き返すことになるぞ。割増料金をもらわないことには――」

「一ドルおまけだ！」

運転手はUターンしてミドルネック・ロードを引き返し、ノーザーン・ブルーバードへ入ったので、そこからはジョニーが道順を教えていった。数分後、タクシーがジョー・シブリーの家の前で停まると、ジョニーはサムの金で料金を払った。

二人は敷地の外に立ち、まずはゲートをくぐりぬけ、母屋を目指して歩き出した。ジョニーが低く口笛を吹いた。「ウィルバーのやつ、夜更かししてるぞ」

母屋のリビングへと続く、マカダム舗装された小道を徒歩でゆっくり進んでいく。リビングの窓にはベネチアンブラインドが下ろされていて、正面からでは室内の様子は見えないが、ブラインドの端が少し持ち上がっていた。

ジョニーが室内をのぞき込むと、ウィルバー・ガンツがブリッジ用のテーブルに向かってトランプをやっている最中で、対戦相手はパット・シーだ。この騎手こそ八百長の張本人だと名指しして、その朝に自分が乗り替わるとまでウィルバーは言ったはずだ。

窓ガラスが下から二、三インチばかり開いている。ジョニーはそこに近寄り、窓枠の下をつかんで、勢いよく上に引き上げた。

ウィルバーとパットがそろって窓のほうに向きなおった。パットのほうは、椅子を後ろに蹴倒して立ち上がる。ジョニーが窓から室内へ踏み込み、サムもすぐあとに続いた。

「ジンラミーでお遊び中かな、きみたち?」ジョニーは尋ねた。

「フレッチャー!」パットがあえぎながら言った。

ウィルバーは、まるで生きた金魚を飲み込んだみたいな顔で言った。「ちくしょう!」

サムがまわり込んで、部屋からの退路を断った。「大したちびっ子たちがまだいたぜ、ジョニー」

パットが後ずさりしはじめた。「近づくなよ、で、で、でくのぼう」

その手をポケットに突っ込み、大きな折りたたみナイフを取り出した。バネを落とすと大きな刃が飛び出した。「近寄るな、さもないとその巨体におれのイニシャルを刻みつけてやるぞ!」

「まいったな、ジョニー」サムが言った。「このちびっ子たち、やる気満々みたいだぜ」

「近寄るんじゃねえったら!」パットが甲高い声で叫んだ。

「刃物なんかしまえよ、ちび。さもないと……」

サムが片手でブリッジ用テーブルをつかむと、パットに向けて力強く押し出した。騎手は本能的にナイフを振りまわし、テーブルの面に突き刺した。サムは笑いながら、必死にナイフを引き抜こうとしていたパットの手からナイフの柄をもぎとったうえ、テーブルを部屋の反対側にあっけなく放り投げてしまった。

すかさず、サムは前に突進してパットの襟首をつかんだ。その間、ジョニーはウィルバーに張りついて、けん制していた。

「さっさとしゃべっちまいな、おちびさんたち」ジョニーが穏やかに言った。

「なんのことかわからねえな」ウィルバーが食ってかかった。「おれたち、もう敵対するのはやめたんだ、それだけのことだ」

「きっかけは何だ？」

「あんただよ。おれたちはもう、こき使われることに嫌気がさしたのさ」ウィルバーがあざ笑って言った。「あんたらはジョー・シブリーが偉大な男だと思っている。そのとおり！　男は大金と馬を持っていた。その馬は連敗続き。そんな馬にジョーがいくら金を使ったか？　数千ドルだ。で、あの馬には百対一のオッズがついちまう。一度も勝ったことのない馬。これからも勝たねえだろう。金持ちの道楽だ、まったく！　で、ジョーは数万ドルの金を分散させている。なるほど、彼は馬の価値を自分で下げちゃいるが、ちゃんと保険をかけていた。何しろ、ボスは馬の価値を大物馬券屋と組んで決めていたからだ。競馬場のオッズなんか興味なし。ボスからみれば、ユリシーズは本番での走りが少々よすぎるんだ。それでも、やつがもし勝てば、〝正直者のジョー・シブリー〟なら、たとえ大金の半分をとられようが……」

「だとしても、競馬界からは締め出されるぞ」ジョニーが言った。

「おれだって、五十の競馬場から出禁扱いになる。おれには大金の半分の半分の半分も入らなくてもよ」ウィルバーが軽蔑するように唇をゆがめて言った。「パットに訊いてみな」

サムがパットの襟首を揺すった。騎手は容赦なく毒づいたものの、その言葉はサムの両手に喉をがっつり締め上げられているせいで、うまく出なかった。サムが声を出せるようにしてやると、この小男は吐き出すように言った。「おれがユリシーズに乗ったときは、必ず〝引っぱり〟をしてたんだぜ」

「シブリーに金をもらってたのか？」

「ひと鞍につき千ドルだ」

「今日のレース、おまえが乗っていたら、どうなるはずだったんだ？」

「シブリーは今日、くたばっちまった」

「誰が殺ったんだ？」

シーが鼻をならした。「あのダメ馬だろ。どんなバカでもわかるぞ」

「ここに、わかっていないバカもいるぞ。ユリシーズがジョーを殺すわけがない」

「そこまで確信するのなら、誰だっていうんだ？」

「ひょっとしてあんたか、ウィルバーかもしれないな。ウィリー・ピペットってこともあり得る。ピペットは今日、あんたがユリシーズで勝てば、金を払うつもりだったんじゃないのか」

「おれに払う必要なんてねえよ。〝引っぱり〟をやれなんて命令は受けてないし、ユリシーズがほかの駄馬どもをぶっちぎっていくことはわかってた」

「ピペットにはそう言ったのか？」

「もちろん！　彼はいつも、ほかの馬にもどっさり金を賭けている。でも前もってユリシーズが勝つとわかれば、ムダ金を使わずに済む。まあ口止め料くらいはくれたよ。そしたら、あんたが邪魔に入るはめになった」

ジョニーはウィルバーをしげしげと見た。「おまえさんは、ユリシーズに乗る気でいたよな」

「ああ。おれはユリシーズが勝つと確信していたからな。おれは、パットのことは知らなかった。シブリーは何も教えてくれねえから。おれはあの馬を仔馬のときから育てていたし、調教だっておれがしてたし、なのに、どうしていつも負けなきゃなんないのか、わからなかったんだ」

ジョニーは静かにうなずくと、単刀直入に尋ねた。「誰がユリシーズの蹄鉄を緩めたんだ、ウィルバー？」

元騎手のウィルバーは顔をゆがめて言った。「誰でもない。あれはどうしようもないことだった」

「だが、おまえさんが必ずレース前に蹄鉄を点検することになってるんだろ？」

「ああ、やったよ。そのときは問題なしだった。わからなくても無理ないさ、鋲が抜けるなんて――石に……」

ジョニーは頭を振った。「あれは、わざとやられたものだ」

「あり得ないね」

「ソニー・ウィルコックスは」ジョニーは意味ありげにウィルバーをちらっと見たかと思うと、左にいるパットにすばやく視線を移した。「ソニーを殺したのは誰だ？」

「クラッグだ」ウィルバーが言った。

サム・クラッグがパットから手を放して、ウィルバーに向かっていったが、ジョニーがよせと身ぶりで示した。

「違う。サムとおれは、ラジオで聴くまでそのことは知らなかった」

「ピペットのやつ、大損こいたに違いねえ」ウィルバーが言った。

「八万だ」ジョニーが返した。「おれはそう聞いている」

パットがせせら笑った。「あんた、あの男と仲よしなんだな？」

「実はそうなんだ。今夜は〈ブルドッグ＆プッシーキャット〉で一緒だった」

「火事だっ！」キッチンの出入り口から声が響いた。

ジョニーの全身に震えが走った。体を半分ひねって目にしたのは……亜麻色の髪をしたホワイティだった。その手には32口径のオートマティックが握られていた。銃口はジョニーに向けられている。

「火事だぞ」ホワイティがまた言った。「火遊びするやつは、火あぶりになるべきだよな。ウィリーが、あんたは今夜、ここに現れそうな気がするって言うんだよ。パット、そこにある電話を取ってマンハッタン局の四の四六一四番にかけろ。予感通りだったとボスに伝えてくれ。いや、番号にかけたら受話器をよこせ。おれが自分で伝えるとしよう」

第十六章

ホワイティは受話器を戻すと、オートマティックを左手から右手に持ち替えた。「仲間がここに来るのに一時間近くかかるとよ。くそっ、それまでおれは、ずっとここに突っ立っておまえたちを見張っていなけりゃならないってわけだ。ここならロープくらいあるはずだな。パット、探して来い」

「厩舎にならら、使ってないのがいくらかある」ウィルバー・ガンツが教えた。

「そうだな。で、取りにいかせるためにおまえさんを外に出すと思うのか？」

「おれが取りにいくよ」パット・シーが志願した。「それと、結ぶのもやるぜ。おれは元水兵だったんで――」

「海軍は小僧なんかとらないぞ」サム・クラッグが言った。

「小僧だと！」パットが叫んで、サムに頭から突進していった。握りこぶしを振りまわし、ほとんど爪先立ちで、大男の顎にパンチを見舞おうとした。だが、空振りに終わった。サムに片手ではじき飛ばされてしまい、パットはこの十二時間のあいだに、二度も宙返りを食らわされた。はじき飛ばされた体は、ホワイティの足下近くに落ちた。

銃を持った男はパットを見下ろし、次にサムを見上げた。「悪くない。あんたの両手には、かなりの重りが隠れているってわけだ」

「見せてやりたいねえ」サムが愉快そうに言った。「そんな時代遅れのものなんか置いてさ、おれたちとワルツでも踊ろうや。おれの背中に片手を回してくれたっていいぜ」

「あんたはそれでもいいかもな」ホワイティが考え込むように言った。「ひょっとしたら、あんたにこれを一発お見舞いするのが一番安全かもしれないな。たとえば、ベストの第三ボタンあたりなんかにどうだ……」

「おい！」サムが驚いて叫んだ。

ホワイティが首を振った。「ところが、それはできねえんだよ。殺すなっていうのがボスの指示なんでね。だけど、傷ものにするくらいはよしってことだ。膝の皿に一発命中させたら、ばっちりだよな」

床に転がっていたパットが、足をばたつかせてうなり出した。「野球のバットをよこせ。やつをバットで殺してやる！」

ホワイティが靴の先で、パットをつついた。「立てよ、あんちゃん。おまえが目上の人間にいちゃもんつけようとするからだ、自業自得だぜ」

パットは体を起こした。「きさま……！」彼はサムをののしり続けた。

サムが一歩前に出たが、ホワイティが下がれとばかりに銃口を向けた。

「床に座れよ、大きいあんちゃん。そして背中を壁にしっかりつけておけ。それから、ジョニー・フレッチャーさんよ、そいつの隣りに座ってくれ」

「キッチンにもロープがあるかもしれないぞ」ウィルバーが申し出た。

「なくてもなんとかなりそうだ。あと三十分かそこらで仲間が来るはずだ。それくらいなら銃も構えていられるさ。じゃあ、残ったお友だちもお教室に座りたまえ」

「おれもか？」パットが尋ねた。

「そうだよ、ぼっちゃん。それから、もうひとりのいたずら小僧もだ。おれはおまえらの誰も信用してないんだよ。さあて、おれは部屋の反対側で、この椅子に座っているとしよう。幼稚園でも開けそうだな」

ホワイティは、厚い詰め物をして外張りした椅子のほうに後ずさりすると、その椅子におさまってひと息ついたが、両手は膝の上に置いていた。オートマティックの銃口は、部屋の反対側で壁にもたれて座っている四人に無頓着に向けられている。

「面白い話はないもんかね、ミスター・フレッチャー？」ホワイティが愉快そうに尋ねた。「幕間を楽しくすごせるような、とっておきのものはないかい？」

「たんまり知ってるよ」ジョニーが無愛想に答えた。「だが、いまのおれにはどれも面白いとは思えないな」

「だが、おれたちにとっちゃ、面白いかもしれないぜ。たとえば、あんたらが〈ブルドッグ&プッシーキャット〉からどうやって脱出したか、とかさ。ありゃいい話だよな。ハハハ！」

ホワイティは、あいている手で膝を強く叩いた。「消防隊があの店に駆けつけたのと、あんたらが逃げ出したのとは関係があったんだろ？　ああ、そりゃもうパニックだったぜ。ご婦人がた十八人が失神したし――消防隊員二人はレインコートとヘルメットを紛失したかどで、一週間の減給を食らったらしいぞ」

「そりゃ、当然の処分だな」ジョニーがぶっきらぼうに言った。「酔っ払い客に消防服を貸す必要なんてなかったんだ。たかだか二十ドル欲しさにな」

「なーるほど！　じゃあ、下水道のことはどうなんだ？　それともあれは、仲間が間違った報告をしたのか？　いや、そんなはずはない。あんたらは、ずいぶんと汚らし（ダーティ）かったそうじゃないか」

「おれも、おまえのことを考えただけで不愉快（ダーティ）になるぜ」サムがうなるように言った。

「マジかよ。でもまあ、そんな気分は、ウィリーがここに来てからあんたらが食らう痛い目の半分にも及ばないぞ。今日おまえらが、ボスにどれだけ損をさせたかわかってんのか？」

「聞いたよ。八万ドルだろ。あるいは、ひょっとして八百万か？　まるでわからないな。わかっているのは、おれにはどうしようもできなかったってことだけだ。ユリシーズは勝つためにレースに出て、おれは勝利を確実にするために公正な騎手を乗せた。おれはパット・シーって男をまったく信用してなかったから……」

「おまえのことだって誰も信用してないぜ。ろくでもない本のセールスマンごときが」パットがどなった。

ジョニーが、パットの隣りに座るサムをそっと小突いた。サムがぶるっと体を震わせ、その肘が騎手の脇腹に突きあたり、キャンと短い叫び声をあげさせた。

「お子さんは、お行儀よくしなきゃいけないよ」サムが大声で言った。

「ハハッ、こりゃ愉快だ」ホワイティが高笑いした。「みんなも笑えよ、なあ……！」

ホワイティのすぐ傍らにある電話が突然鳴った。ホワイティはあまりにびっくりして、もう少しでオートマティックを落としそうになった。「くそっ、誰だよ？」彼が言った。

「おれが出るよ」ウィルバーが申し出て、立ち上がろうとした。

「座ってろ！」ホワイティがどなった。「参ったな！　電話はウィリーからかもしれないし、ひょっとして、別の誰かかもしれない――」

「電話に出ればわかるぞ、ホワイティ」ジョニーが言った。

電話は相変わらず鳴り続けている。ホワイティは下唇を噛んだ。手をのばし、一度は受話器に触れたが、また手を放した。電話は鳴りやまない。

ホワイティはうなった。「いちかばちかだ」彼は受話器を取りあげ、耳元に引き寄せた。「もしもし」彼は言った。「おい……？　もしもし……もしもし！」

彼は口元を引きつらせ、受話器を元に戻して言った。「切りやがった」

「そうだな」ジョニーが言った。「電話っていうのは、人が出た途端に切れるもんだ」

「妙な電話だぜ」ホワイティがぶつぶつ言った。「番号がわかっているのに、なぜ電話を切らなきゃならないんだ？　こっちの名前を訊きもしなかったぞ……おい……」ホワイティはウィルバーに向かって言った。「おまえはここの住人だ。電話をしてきたのに切るやつを知ってるか？」

「知らないね」ウィルバーが言った。「おれはここの納屋で働いてんだ。おれには電話なんかかかってこない。フレッチャーに尋ねろよ。この頃じゃあ、やつがここのボスなんだ」

ホワイティはジョニーに目をやったものの、かぶりを振った。「違うな。あんたは、ここに住んでさえいないんだ。となると……」

「おまわりだな」ジョニーが言った。「ここにずっと電話していたのに、おれが出ないとなれば、こっちに来るぞ」

「なんだって？　じゃあ、警察もおれたちに負けじと、あんたをしぶとく捜しているってことか」

「そういうことだ」

ホワイティは椅子から勢いよく立ち上がった。「くそっ、なんてこった。ウィリーがここにいてくれたらいいんだが。なんでまだ来られないんだ?」

「やつの車のせいだ。さすがに飛べないしな。どうみても、あと三十分以上はかかるぞ」

「おれが電話してからほぼ三十分経ったぞ。おれはここに五十分で着いたのに」

「警察署は、この家から道路沿いに行ったところにある。五分あれば着くぞ……」

「黙れ、フレッチャー」ホワイティが叫んだ。「いま考えているんだ、邪魔するな」

「さっさと考えろよ、ホワイティ。あんたはいま、大ピンチだ。もう――」

また電話が鳴り、ホワイティは突進した。「もしもし!」送話口に向かってどなった。「もしもし、もしもし……!」

彼は身震いしながら再び受話器を戻した。「気に入らねえ」泣き言めいてきた。「そもそも、おれだけがここに送り込まれる筋合いはなかったんだ。そのへんのことは、ウィリーに遠慮なく言うつもりだぜ……」

「怪しいもんだ」ジョニーは言った。

「黙れって言ったよな。おまえは――」

ホワイティが突進してきて、床に敷かれたナバホ族独特の鮮やかな幾何学模様のラグの上に足をのせた。反対側の端を両手でつかんでいたサムが、力いっぱいラグを引き寄せた。テーブルと椅子が音を立てて床に倒れた。同時に、ホワイティもでんぐり返った。

その手からピストルが、すっぽ抜けこそしなかったものの、役立たずだったことは変わらない。ホワイティが立ち上がろうとするより早く、サムにのしかかられてピストルを奪われたのだから、見た目上の違いがあっただけのことだ。サムは、ジョニーにピストルを放ると、ホワイティの顎に鉄拳を一発見舞った。そこそこ力強く。ホワイティから戦意の大半を喪失させる程度には、力強く。

それからサムは立ち上がった。

「悪くない」ジョニーは言った。「まあまあ、悪くないな」

また電話が鳴った。

ジョニーは急いで部屋を横切り、受話器をすくいとった。「フレッチャーだ！」

金属的な笑い声が応じて、回線はすぐに切れた。受話器を戻したジョニーの全身に悪寒が駆け抜けた。「ねじ曲がったユーモアセンスの持ち主だぜ」彼はつぶやいた。

「ここから出ようぜ」サムが言った。「ピペットのやつがすぐに来るぞ……」

「チッチッ！　はるばる車でここまで来たのが無駄になる。そんな残念なことをするもんか。ホワイティ、もしウィリーが早めにここに到着したら、どんな目にあうかはおれだって覚悟しているさ。そんなことを考えるのは、おれたちが出てってからにしてくれ。あんたたちのうち、最初に玄関ドアから顔を突き出したやつは一発食らうことになるぞ。あえて狙いはつけない。ドアだけを見ててやるから、よく覚えとけよ！」

サムがドアを押し開けて振り向いた。「おまえの車はどこだ、ホワイティ？」

「通りを半ブロック進んだ先だ。道路脇に停めてある」ホワイティは無愛想に言い返した。

サムが出ていくと、ジョニーは戸口で一瞬、とどまった。それからマカダム道路に出ていった。相棒のあとを追って駆け出す靴音があたりに響く。通りでサムに追いつくと声をかけた。

「サム、前方にあるあの車だ。車に乗ったら、グレートネックで宿を取れ」

「一緒に行かないのか？」

「ああ。おれはこのへんを見ておきたい。おれたち二人とも、ここにいると思われたらできないことなんだ。車のエンジンがかかって、走り去ってしまえば……」

「わかった、でもおれも戻ってくるよ」

「だめだ。ウィリーがここにいれば、やっかいなことになる。おれは身を潜めているよ。約束する……」

「あんたの約束なんて、誰が信じるんだよ、ジョニー。おれにはわかってる……」

「ホワイティが来るぞ！」ジョニーが低い声で叫んだ。「さあ！」

サムを押し出すと、自分は横に移動して木々の陰に身を隠した。地面に伏せたまま、しばらくじっとしていた。コンクリートを叩きつけるサムの靴音を耳にしながら、通りを慎重に進もうとしたとたん、ホワイティの靴がマカダム道路をこすって立てる不快な音が近づいてきた。

通りでエンジンの唸る音が響いたかと思うと、低音に落ち着いた。

ホワイティの靴音が母屋に引き返していく。たちまち大声がジョニーの耳にまで届き、痛々しい悲鳴が続いた。やがて低い話し声がしばらく続く。ホワイティが再び、屋敷内を牛耳ったのだ。

ジョニーは四つん這いになって、頭を低く下げたまま、屋敷をひと回りしてみた。用心しながら進むと、一周するのに五分かかった。細長い厩舎の陰に入るなり、もっと速度をあげてみた。手さぐりで壁に沿って進むうち、扉を見つけた。開けようとしたが掛け金が下りている。だが、鍵はかかっていなかった。少しずつ扉を引き開けていくと、外側から揺らめく光が近くの壁に差し込んできた。

と同時に、車の低い音が聞こえてきた。ウィリー・ピペットの車が全速力で接近してきているのだ。ジョニーは素早く厩舎の端まで移動して、裏手に身を隠すと境界あたりに目を凝らした。ヘッドライトが道路をまぶしく照らしていて、エンジン音が次第に大きくなってくる。その音が突然変わり、ヘッドライトの強烈な光が敷地内の私道の奥までのびてきた。

ジョニーは頭をひっこめた。

エンジン音がゆっくりと止まり、靴音が歩道に響いた。ドアが閉まる音のあと、興奮した叫び声が聞こえてきた。早口でまくしたてる声が数分続いたが、ジョニーには何を言っているのかまでは聞き取れなかった。

やがて、人の声が家の外に出てきて、靴音が響き、車のエンジン音が再び聞こえてきた。ヘッドライトが後退したかと思うと、あっという間に、さっき来たノーザン・ブルーバードのほうを照らした。車が走り去ったのだ。

ジョニーはたっぷり三分以上待ったところで、厩舎の裏手から思い切って出てみた。

彼は低く口笛を吹いた。屋敷内の明かりがすっかり消えていた。立ち去り際に明かりを全部消していくとは、なんとご親切な連中だろう。それはつまり、ウィルバー・ガンツとパット・シーも、連中と一緒に家を出ていったということだ。

それでもやはり、ジョニーは母屋のほうへ向かうには慎重を期した。罠にひっかかるつもりはない。爪先立ちでマカダム道路を横切り、母屋の裏手まで芝生の中を歩いた。片手をのばして壁に触れ、手さぐりで静かに進んでいくと、下のほうが少し開いた窓までたどりついた。窓際で三十秒ほど立っていた。息を詰め、耳を澄まして。

夜の闇がもたらす音だけが聞こえてくる。小枝がこすれあう音、コオロギの鳴く音、そして、静まりかえった屋敷の、ときおり立てるきしんだ音。

壁沿いに進んでいくと私道に通じる扉にたどりつく。ドアは開いていた。きっちり閉まっていないので、ジョニーはあらためて耳を澄ませてから、思い切って中へ入った。

しばらくリビングにたたずんでいたが、家の中に自分以外に誰もいないのだとようやく納得できた。それでもなお、彼は危険を冒さなかった。各寝室へ行くたびにマッチをつけて、そこに誰もいないのを確かめないことには安心できなかった。

ようやく彼は母屋を出て、厩舎に戻った。扉を引き開け、中に足を踏み入れると、再び扉を閉めた。マッチをすって高く掲げ、内部を見回した。そこは休憩室兼備品室兼事務室として使われているらしい。部屋の片側に蛇腹式蓋付き事務机（ロールトップデスク）と回転椅子があり、机の奥には簡易ベッドがあって、くしゃくしゃになった上掛けがかかっていたが、半分は床にずり落ちていた。

反対側の壁に棚があり、そこにはリニメント剤の瓶がたくさん、馬の面（おも）がいにつける端綱（はづな）が少しと、何かの余り切れや端切れがどっさり詰め込んであった。マッチの火で指先が熱くなり落としてしまったので、彼はもう一本マッチをすった。二本目のマッチの火で、机の上に笠付きのランプがあるのに気づくと、ジョニーは覚悟を決めてランプを灯した。

ランプの光が机の面に直接あたるように緑の笠を調節した。扉の横にある小窓を通して、どこかの誰かが光に気づくかどうかという明るさだったが、机を調べるにはじゅうぶんだ。

蛇腹式の蓋はおりていたが鍵はかかっていない。すぐさま蓋を開けて小仕切りを調べた。机の中にはかなりの量の紙類があったが、その大半は「レーシング・フォーム」紙やらの競馬新聞で、あとは消耗品や備品の支払い済みの請求書が少しある程度。

引出しの中を調べると、便箋と封筒のほかに「レーシング・フォーム」がここにもかなりあり、さらにあちこちの競馬場、たとえばジャマイカやピムリコ、あるいはチャーチルダウンズなどの出走登録用紙が入っていた。

ジョニーは引出しを閉めて、そっとため息をついた。それから、部屋の片側にある扉に近づいた。そこから直接、厩舎に行けるようだ。扉には木製の閂（かんぬき）がかかり閉まっていたので、それを外した。

口笛が低くもれた。その部屋は、いまいた部屋より少しだけ狭いものの、馬房とは違う。そこは完全に鍛冶場になっていて、開放型の炉やふいご、鉄床（かなとこ）もあれば、桶にはまだ水が入っていて、ハガネを焼き戻すために使っていたのは明らかだ。おまけに、壁には一ダース以上の蹄鉄がかかっていて、その大半は大型で未加工の形状のものだった。

扉を開けきったことで、一方の部屋から差し込む光が反射して、ジョニーが鍛冶場を調べるにはじゅうぶんすぎる明るさになった。

鍛冶場のさらに奥の端っこに、扉がもう一つあった。ジョニーがそこへ近づくにつれて、厩舎独特のにおいがする。隣りはユリシーズの馬房だとわかった。

扉を引き開け、ポケットに手をいれてマッチを取り出し、戸口のところでマッチをする……炎がいきなり彼の顔近くに迫り、さらに頭の中を突き抜けて、爆発したかのようだ。

膝を折り、前のめりになって倒れた。苦痛にあえぐジョニーの後頭部に、さらにもう一発。彼は床につっぷし……そして、気を失った。

第十七章

ジョニー・フレッチャーに見捨てられるなんて、サム・クラッグにはあまりに突然のことだった。サムは何か問題が起こるたびに、この友人がひねり出す解決策に頼りきっていたのだから。ところがいまや、ホワイティの車で道路を突っ走りながら、サムはすっかり途方に暮れていた。

ジョニーにはグレートネックへ行けと言われたが、サムはグレートネックへの行き方すら知らなかった。交差点で右に曲がり、それから信号に出くわすまで二マイルほどを走った。路上にはほかに一台の車も見えないが、信号が赤だったのでサムは停車した。

ヘッドライトの光で道路標識が読めた。「グレートネックまで二マイル」とある。その方角では違うように思えたが、サムが角を曲がって一マイルかそこら走ると、また別の道にぶつかり、標識には「25Ａ」と示されている。その道を横断すると〈グレートネック・プラザ〉の標識が現れた。前方に町の明かりが見えたので、車を道路の脇に停めて、ヘッドライトとエンジンを切って外へ出てみた。拝借してきた車とはいえ、サムはこの期(ご)に及んで、車泥棒で捕まるつもりは毛頭なかった。

歩き始めた前方に高架橋があり、橋の下にロングアイランド鉄道が走っている。橋を渡りおえると町に入った。交差点で右手に目をやると「ホテル」の看板が出ていた。

とたんにサムは足取りも軽く、その看板を目指した。朝から晩まで振りまわされっぱなしの一日だったので、もうくたくただった。ホテルに入ったのは三時十五分過ぎ。ロビーには誰もいなかったが、フロントに近づいてみると、ソファーで眠っている男に気づいた。

サムは手のひらで思いっきりデスクを叩いた。「おい！　部屋を頼む」

フロント係が目を開けた。彼はサムを見ると、目を閉じ、再び目を開けた。とたんに、起き上がった。「はい、いらっしゃいませ！」

「部屋を頼むよ」

「かしこまりました。ご用意できるのは、バスタブとシャワー付きで外から直接出入りできる四ドルの部屋、あるいは……」

「どんな部屋でもいいんだ」サムが言った。「ベッドがあればいい。硬くても軟らかくてもどっちでもいい。もうおれはくたくたで、ただ寝たいだけなんだ」

「承知しました。でしたら、二ドル五十セントの部屋がございますよ。三〇一号室です」フロント係は鍵を取り出し、デスクの外に出てきた。

「お荷物を」

「なんもないよ」

「では恐縮ですが、前払いでお願いします。規則なもので……」

「わかった」サムはそう言い、ポケットに手を突っ込んだ。とたんに寒気に襲われた。ほぼ二時間前、タクシーに乗るために、有り金をすっかりジョニーに渡してしまっていたのだ。彼は無一文――いや、六十セントしか、持っていなかった。

サムは咳払いをして言った。「なあ、ごめんよ。いまおれは手持ちがないんだ。でも、心配は無用だ。おれの友だちが、朝一番で来ることになってるんで……」

「申しわけありません」フロント係が言った。「前金なしでお泊めしては、わたしの首がとんでしまいます」

「そのほうが幸せになれるかもしれないぞ。金を忘れたという理由だけで客をはねつけなきゃいけない職場にいるなんて、実にみじめだと思わないか？　おれは朝になったら払うと言ってるだろ？　ここを逃げ出したりなんかしないから」

フロント係はかたくなに頭を振った。

サムは歯をむき出しにして言った。「おれは疲れて眠いんだよ。足もしびれちまっている。おれに鍵を渡して、眠らせてくれ」

「どうか、お引き取りください！　でないと警察を呼びますよ」

「呼んでみろ」サムはうなるように言った。「警察を呼べよ。おれはかまわないぞ。何しろ疲れてて……」

フロント係はデスクに戻り電話を取って言った。「警察を」

出入り口までわずか三歩で駆け抜けたサムは、またたくまにホテルを飛び出した。そして、猛烈に腹を立てながら歩を進め、ミドルネック・ロードへ戻ってきたところ、角を曲がったとたんに、制服警官と鉢合わせしそうになった。

「こんばんは」警官が言った。「いい夜だね」

「ええ」サムはびくびくしながら応えた。「ええ、ほんとに」

彼は斜め歩きで警官から離れた。そのふるまいが、わかりやすすぎるほど怪しかったものだから、警官は突然、片手をあげて声をかけた。「ちょっと待ちなさい。ずいぶん夜更けのお出かけだね？」

「ええ」サムは言った。「でも、これから家に帰るところなんですよ」

「家はどこだね？　このへんじゃ見かけないようだが」

「ああ、おれはマンハセットに住んでて……」

「マンハセットだって？　車はどこにあるんだ？」

「持ってません」サムは言った。

「じゃ、夜のこんな時間にどうやって家まで帰るつもりだったんだね？　バスは数時間前に終わっているし……」


だからサムは、金が払えなくても寝床を確保すべきだったのだ。ジョニーみたいに冷静さと話術に長けた男なら、そんなものは楽々と手に入れただろうに。サムはひと言話すたびに、へまをしてしまう。警官に質問され出したら、要領を得ないというレベルで終わるとはまず思えない。そして警官が疑いをもったが最後、職務を果たす――それでこそ、おまわり。かくして挙動不審な人物は、署まで引っぱられることになるのだ。

簡易ベッドにはマットレスが一枚敷かれていた。硬くてでこぼこしているうえに、分厚い黒のオイルクロスのカバーがかかっている。上掛けのたぐいはない。警官というのは、留置所にひと晩ぶち込まれた者が、上掛けを細く切り裂いて首を吊るかもしれないと思っているのだ。同じ理由から、サムはサスペンダーとネクタイを取りあげられた。

朝八時に牢番が独房の鍵を開けて朝食を届けにくるまで、サムはぐっすり眠った。朝食はオートミールに砂糖なしのコーヒー、分厚いパンがひと切れだった。

「判事との面会は九時だぞ」牢番がサムに伝えた。

「罰せられるのか?」

「三十日あたりかもしれないな。もう決まってるんだろうよ。でも、一つ助言をしとこう。あんたの担当はシモンズ判事だ。あの方は、母物語に弱いんだよ。あんたの気の毒な高齢のおふくろさんが病気だ、と話してみな。あんたが道を歩きつづけていたのは、最後の一ドルまでおふくろさんに送ったせいで、いままさに家に帰ろうとしていたのは、おふくろさんと最後のひとときを一緒に過ごしたかったからだ、と話すんだ。うまく話せたら、刑罰すら免れるかもしれないぞ。ここに数か月前にいた男は、話がものすごくうまかったから、五ドル札までもらったほどだ。じゃあ、頑張れよ。ぬかりなくやって無罪放免されたら、誰の助言だったか覚えておいてくれよな。一、二ドルでじゅうぶんだ。おれは女房と子ども六人を抱えていてな、物価が上がってひいひい言ってるんだ」

「おやおや」サムが言った。「だったら、あんたが判事に話して聞かせたらどうだい?」

「とっくに話したさ。だから、こうやって仕事にありつけたんだぞ」

一時間後、牢番がサムにネクタイとサスペンダーを届けにきた。「ほら、支度をしなよ、兄弟。そして頑張ってうまくやれよ。『おふくろが』と言うたびに必ず声を震わせるんだ。そしたら、あーらびっくり、判事はイチコロだぞ」

サムが牢番に案内されたのは小さな法廷で、演壇の上に机があり、机の向こうに判事が座っていた。判事の顔を見るなり、人は見た目では判断できないと、サムは初めて思った。

目の前の判事は、これまで出会った人間の中で、最も気難しい顔をしていたうえに、一ダースほどのレモンをしゃぶった直後みたいな表情を浮かべていたのだ。げじげじ眉に大きな鼻、そして好戦的な角ばった顎の持ち主だった。

「彼が在監人かね？」太い声で判事が尋ねた。「容疑はなんだ？」

サムを連行した警察官が言った。「浮浪罪です、判事殿。本日未明、午前三時十五分に、ミドルネック・ロード周辺を放浪していたこの男を発見しました。質問したところ挙動不審だったので署まで連行し、所持金がたった六十セントと判明しました」

「六十セントで何をやらかしたんだって？」シモンズ判事が大声で尋ねた。

「ああ、それは彼の所持金です」

判事が鼻であしらうように言った。「六十ドルだというのなら、この男が持っているはずはない。ええと――スクラッグか、それがきみの名前かね？」

「違います」サムは言った。「クラッグです」

「スクラッグのほうが似合っているぞ。きみには浮浪罪の容疑がかかっているうえに、見るからに怪しげだな。何か申し開きがあれば言いたまえ」

サムは深呼吸をしてから、大博打を打った。「一つだけあります、判事殿。昨日おれは、かわいそうな病気のおふくろから手紙を受け取ったんです」

「おふくろさんから！」判事が喚くように言った。「きみは、母親のことを語ろうとしているのかね？」

「そうです、判事殿。おふくろはクリーブランドに住んでいます。かわいそうな病人で、手紙を受け取ったおれは、おふくろが薬代や医者代で金に困っているのを知って、有り金を送ってしまったんです……」

「残ったのは、警官がきみを逮捕したときに見つけた六十セントだけだったのか。なぜ、その金は送らなかったんだ？」

サムは咳払いをした。「なぜかって、えっと、その、送ったんです。六十セントも。いや、違った。有り金をすっかり送ったあとで、外套を質入れして六十セントを工面してもらって……」

「続けたまえ」シモンズ判事が促した。「きみ、出だしはかなりひどいもんだが、そのうちなかなかいい語りになるかもしれないぞ。きみは外套を質入れしたんだな、それからどうした？」

「それで終わりです。おれはクリーブランドまで行こうとしているんです」

「ロングアイランド経由で？　パナマ運河経由で行くほうがずっと簡単じゃないのかな？」

「いいえ――いや、そうです。いえ、つまり……」

「先を続けなさい。きみを混乱させるつもりはないんだ。どのみち判決が変わるわけじゃないからね。ただわたしは、母親物語を収集しているものでね。きみの話も聞いておきたいんだ」

「弁護士を呼んでくれ！」サムは叫んだ。「おれには、弁護士を呼ぶ権利がある」

「そのとおりだよ！　六十セントの件で引き受ける弁護士がいるというなら、教えてもらいたいね」

「クリーガー判事だ。住まいはグレートネックのすぐそこ……」

「クリーガー判事がきみの弁護士だって？　おやおや！　こりゃ面白い。彼にはよろしく伝えておこう……そのうちにな」

「いま、伝えてくれ！　おれはここから出たいんだ」

「チッチッ。きみ、身のほど知らずだな。よしいいだろう。わたしを試そうとするとは、きみはかなりの鉄面皮だぞ。こうなったら、あと三十日加算したくなってきた……」

「そんなこと、できるもんか」サムがやけになって叫んだ。「本気だよ、クリーガー判事は……」

「一か八かの陳述というわけだな、スクラッグくん。〝倍ちゃら（負ければ前の損が倍、勝てば帳消しになるかの賭け）〟といこう。わたしがこれから事務官に判事宛の電話をかけてもらうから、もし判事がきみの弁護士だと言えば、この訴訟はわたしの負けだ。だがもし彼が、きみのことなど聞いたこともないと言えば、それが答えとして確定する。そのときは禁錮六十日だ。それでいいかね？」

「いいとも！」サムは声を嗄（か）らして叫んだ。

判事が、判事席の隣りにある小卓の前に座っていた事務官にうなずいた。事務官は立ち上がり、電話に近づくと、番号をいちいち確かめることもなく電話をかけた。「クリーガー判事ですか？　こちら警察裁判所の事務官です。いまここに、あなたが自分の弁護士だと主張する浮浪者がおります。ええ、そうなんです、ばかげた話ではありますが、シモンズ判事が最善とのお考えで……え、男の名前ですか？　ええと、クラッグです。そうです、サム・クラッグ……え、なんですって？……承知しました。ありがとうございます」

事務官は受話器を置くと、シモンズ判事のほうを向いた。「すぐお見えになるそうです」

「はあ？　この男を知っているというのか？」

「ええ、あの方の口調からして——そのように思います」

シモンズ判事が判事席越しにサムを見た。「ということは、きみは汚名（ロングネーム）をきせられたのか？」

「判事殿、名前（ロングネーム）は間違ってないよ、おれはサム・クラッグだ。そして判事はおれの弁護士だよ。すぐわかるから……」

クリーガー判事が裁判所に勢いよく入ってきたのは三分後のことだった。「ああ、ミスター・クラッグ！　これは、どういうことですか？」

「この男を知ってるのか、ベン？」シモンズ判事が尋ねた。

「もちろんだ、わたしのクライアントだよ。なぜすぐにわたしに連絡してくれなかったのか、わからん。容疑はなんだい？」

「いや……まったく何もない。警察が誤認逮捕したようだ」

「ああ、そりゃ残念なことだ。熱心さのあまりということだな。なるほど、なるほど……ミスター・クラッグは、間違いなくわたしの依頼人だ。さぞ不自由な思いをしただろうね、とても申しわけないことをしたね、ミスター・クラッグ。もういいんだな、ルーク？」

「もちろんだよ、ベン！」

第十八章

ラッパ手（しゅ）が突撃ラッパを鳴らすと、騎馬隊は旋回して縦隊をつくり、速足（トロット）で前進した。馬たちはジョニー・フレッチャーに近づくにつれて、はや駆け（ギャロップ）になった。ジョニーは体を回転させて、大きな音を立てて突進してくる馬の脚から逃れようとした。だが間に合わなかった。馬の一頭一頭が、彼の頭を次々に踏みつけていく。立て続けに痛みに襲われ、騎馬隊が半分も横切らないうちから、我慢はもう限界に達していた。

自分が絶叫する声で、ジョニーは目を覚ました。淡い黄褐色（バフ）の天井が目に飛び込んできて、体を起こした。

家具がまばらに置かれた部屋の床に彼は座っていた。四フィート離れた先には、椅子に座り前かがみで「レーシング・フォーム」紙を読みふける、疲れきった目の男がいた。

窓に日が差し込んでいるところからみて、ジョニーは自分が数時間、気を失っていたのだと知った。自分はシブリーの厩舎内にある馬房で殴られた。だがここは、シブリーの屋敷ではないし、男もジョニーが初めて見る顔だった。

競馬には研究熱心そうな男が新聞を置いて言った。「おはよう、ご近所さん。よく寝られたかい？」

ジョニーが、ずきずきした痛みを止めようと片手で後頭部を押さえてみると、コマツグミの卵大くらいのコブに触れた。乾いた血のせいでざらざらしている。

「いま何時だい？」ジョニーは尋ねた。

「朝食がおわった頃だ。食べそこなっちまって気の毒だな。ソバ粉のパンケーキとソーセージ、コーヒー二杯に、デザートにはおいしいマッシュをいただいたぞ」

「大きなピッチャーで冷たい水をもらえるかい？」

「もちろん」

「いつもらえる？」

「ボスがやっていいと言ったらだ」

「ボスって誰のことだい？」

競馬中毒者がくすくす笑った。「おいおい、そんな間抜けな質問はよしてくれ。おれに金を払ってくれる人、それがボスだ」

ジョニーは床に両手をついて、体をぐいと押し上げた。椅子に座っていた愛想のいい男は「レーシング・フォーム」紙を脇に置くと、膝の上にあった32口径のピストルをジョニーに見せた。

「部屋の向こうに座ってくれ」

ジョニーは、すりきれた糸が見えるソファーまで歩いていき、そこに腰を落ち着けた。

「おれがなぜここにいるのかまるでわからん、と言ったとしても、あんたは信じてくれそうにないな」

「信じるよ、ミスター。実は、あんたが知っていると言ったって、おれは信じないけどね。いまはとにかく、何も言わんでくれ」

「そうなのか？　あんたの名前も言えないのかい？」

相手は肩をすくめて言った。「ハッチンソンは本名じゃないが、そう呼んでくれたらいいかもな。さてと、ボスに会う覚悟はできてるようだな？」

「どういうことだ、覚悟っていうのは？」

「まあ、物事は楽しいことばかりじゃないかもしれない。察しがよければな。だがおれは、あんたとは個人的にはなんのかかわりもないってことは、わかってもらいたいね。おれはただ、与えられた仕事をきちんとこなしているってことだ」

ハッチンソンはかがみ込んで、ピストルの台尻で床を三回叩いた。とたんにジョニーの耳には階段を駆けあがる音が聞こえたので、何かと思ってドアのほうを見た。ウィルバー・ガンツが入ってきて、あとからパット・シーも続いた。パットがドアを閉めた。

「驚いたか、フレッチャー？」ウィルバーがあざけるように言った。

「イエスでもあり、ノーでもある。おまえさんがここにいるのには驚いたが、おまえさんが人間のクズだとはっきりわかったことでは驚かない。薄々そうじゃないかと思っていたからさ」

「あい変わらず、大口をたたくやつだ」パットが言った。「ひょっとして、そのでかい口は皮肉を言うこと以外で役に立っているのかもしれないな。たとえば……」

「質問するのはおれだよ、パット」ウィルバーがぴしゃりと言った。

「じゃあ、どうぞ」

「よし、フレッチャー。おれたちは探しものがある。あんたが昨日持っていたものだ。ユリシーズがレース中に落とした蹄鉄だよ」

ジョニーはびっくりして目を丸くした。「蹄鉄が欲しいっていうのか？　おい、あんなものは競馬場にどっさりあるじゃないか」

「そんなものはいらない。探しているのはユリシーズがあのレースで落とした一個だけだ。ソニー・ウィルコックスが持ってきて、あんたが受け取ったやつのことだよ。あれはどうしたんだ？」

「勝手に探しな」

「探したさ。でもあんたは持ってなかった。ただし、あんたが競馬場を出たときには持っていたんだ。あれからどこへ行ったんだ？」

「ホテルだよ」

「どこのホテルだ？」

「〈四十五丁目ホテル〉と通りをはさんで向かいにある、なかなかのところだ」

「蹄鉄はそこにあるのか？」

「覚えてない」

　パットが前にしゃしゃり出てきて、小さな、しかし硬い握りこぶしをジョニーの顎めがけて繰り出した。ジョニーはとっさに頭を振ったので、その一撃を左のこめかみで受けとめてしまった。頭の中で火花が走った。

　急いで立ち上がりかけたところで、ハッチンソンがパットを押しのけ、ジョニーにピストルを突きつけた。「落ち着けよ、フレッチャー」

　パットが再び闘う構えをとった。

「話せよ、フレッチャー」パットが繰り返した。「蹄鉄はそのホテルにあるのか？」

ジョニーは答えない。

パットが左でフェイントをかけ、右から鋭く打った。ジョニーはこぶしを勢いよく繰り出して、騎手の腕をはねのけた。立ち上がりかけると、またしてもハッチンソンのピストルが顔に突きつけられた。

「なんなんだよ、このセットプレーは！」ジョニーは叫んだ。「おれの顔に銃を突きつけて、ちっこい出しゃばり男におれを殴らせておいて、おれが打ち返すのはダメだっていうわけか！　じゃあ、こうしよう。おれの片腕を体の脇に縛りつけろ。それでおまえと対戦ってのはどうだ、パット！」

「これはなあ、あのゴリラみたいなあんたの相棒へのお返しなんだよ、フレッチャー」パットは激怒しながら言った。「やつはおれをゆうべも、その前の日も殴りやがった。いまはそのお礼をしてやってんのさ……楽しんでな！」

そう言って彼は、再びジョニーに襲いかかった。左の頬骨を打たれ、皮膚が破れかけた。ジョニーは生温かい血が頬を伝うのを感じた。

「こんなことはつらいんじゃないか、フレッチャー」ハッチンソンが声をかけた。「話したほうがいいぞ」

「よしわかった」ジョニーは言った。「じゃあ、話そう。どんな提案なんだ？」

「あんたがあの蹄鉄とさっさと縁を切ってくれというのが、提案だよ」ウィルバーが言った。

ジョニーはため息をついた。「あの蹄鉄は黄金でできているのか？　おれにはただの蹄鉄に見えたけどな」

「これが最後だ……あのホテルにあるのか？」

「いや」

「じゃあ、どこにある？」

「おれが取りにいってくる。それが最善の提案だ」

「ひどく残念だよ」ハッチンソンが首を振りながら言った。「こうなったら、おれはあんたを痛い目にあわせることになる。この小さな男には、大して力も残ってないし……」

「あんたを打ちのめせるくらい、たっぷり残ってるぜ！」シーがどなった。

「野球のバットを使わなきゃ無理だろ」ハッチンソンが嫌味を言った。彼はリボルバーを尻ポケットにおさめて上着を脱いだ。シャツの袖をまくると、筋肉質の前腕がむき出しになった。「おれは、朝食をとった直後に体を動かすのが大嫌いでね、フレッチャー。腹立たしいのはいやだから、最後のチャンスを与えてやる」

「そうなのか？」

「ああ。こんなふざけたことを繰り返していても、何も解決しないからな」

彼がジョニーの前に一歩踏み出すと、ジョニーは片手をあげて、手のひらを相手に向けた。「待ってくれ。おれは血まみれの英雄なんてごめんだ。そんな真剣なことになるんだったら、あんなちゃちな蹄鉄はくれてやるよ」そう言って、上着のサイドポケットに手を突っ込むと、金属製の小さな円盤状のものを差し出した。「これだよ！」

ハッチンソンが手をのばして、その円盤を受け取った。「なんだ、これ？」

「〈ブルドッグ＆プッシーキャット〉のクロークで渡された合い札だ。ゆうべはかなり慌てて店を出たもんだから、預けた帽子を受け取る暇がなかったんだ」

「その帽子に蹄鉄が入っているのか?」

「一緒に預かってもらったんだ。だけど、今夜まで待たないといけないな。ナイトクラブはこんな昼間には開いてないからな」

ハッチンソンは部屋の戸口まで歩いていってドアを開けた。部屋を出てすぐの廊下に、壁掛け式の電話がある。彼は受話器を取って、電話をかけた。

「もしもし」しばらくして彼は話し出した。「ハッチンソンです。やつがしゃべりました。蹄鉄はゆうべ〈ブルドッグ&プッシーキャット〉で帽子と一緒に預けたままだそうです……そういうことです。合い札はおれが持ってます。真鍮の円盤状で番号は八十七。帽子ですか……? ちょっとお待ちを」

彼は送話口を手で覆って、部屋の中に呼びかけた。

「どんな帽子か説明してくれ、フレッチャー」

「茶色のフェルト帽、スナップブリムだ。茶色のバンドが巻いてあって、右側に小さな羽根がついている。サイズは七と二分の一だ」

ハッチンソンはいま聞いた情報を受話器に向かって繰り返すと、それから少し長く話したあとで電話を切った。部屋に戻ってドアを閉めた。

「三十分もすれば、あんたが本当のことを話したかどうかわかるよ、フレッチャー」

「その帽子なら、おれは見たことがある」ウィルバーが言った。「話したとおりの帽子だった。サイズまではわからないけどな」

ハッチンソンが床から帽子を一つ拾い上げて、ジョニーに差し出した。「サイズを見るからかぶってくれ」

ジョニーは帽子を受け取り、頭にのせた。少々小さかった。

「なるほど」ハッチンソンは納得した。「あんたの頭のほうが大きい。その帽子はサイズが七と四分の一だ。七と二分の一ならあんたの頭にぴったりだな」

ウィルバーがソファーに座っていたジョニーを追い立てて、トランプを一組差し出した。そしてパットとジンラミーをやりはじめた。ジョニーはそばの床に座り込んで観戦し、ハッチンソンはといえば、部屋の反対側にある、さっきまで座っていた椅子にまた腰をおろした。

第十九章

廊下にある電話が鳴り出し、ハッチンソンは電話に出るため部屋を出た。ドアが開けっ放しだったので、ジョニーには会話の一方が聞こえた。「ほんとうですか？　帽子はグレーのホンブルク帽で、サイズは六と八分の七？　まさか。やつの頭におれの帽子をかぶせてみたら、たしかに七と二分の一で……ちょっと、お待ちを」

ハッチンソンが放り出した受話器が、コードの先端で宙ぶらりんになっている。

「フレッチャー」彼は言った。「帽子がまずいことになったぞ。あんたが夕べかぶっていたやつが、なくなっている」

ジョニー・フレッチャーはウィルバー・ガンツを指さして言った。「おまえさんは、おれが〈ブルドッグ&プッシーキャット〉からどうやって脱出したかをホワイティに聞いたよな。パットも一緒に聞いていたはずだ」

「ああ、聞いたぜ」ウィルバーは言った。「こいつが消防署に電話して、消防士のヘルメットとコートを失敬したんだ」

「ってことは、ゆうべあんたは帽子を預けなかった。帽子も蹄鉄も持っていなかったのか」

「ちょっと待った」ジョニーは言った。「おれは六人組の酔っ払いとクラブに行った。荷物もまとめて一緒に預けたぞ。係の娘が預かり札をごっちゃにしたんだ……」

ハッチンソンが鼻の穴をふくらました。再び廊下に出ていったが、今度はドアを閉めてしまった。ジョニーには、ドア板越しに低く響く声しか聞こえなかった。そのままの状態が五分以上続いた。ハッチンソンが部屋に戻ってきたときには、緊張のせいか口元に力が入っていた。

「みんな、これから町へ行くぞ。フレッチャー、あんたには、ゆうべ一緒だった酔っ払いを見つけてもらわないといけない……」

「なんだって？　なあ、おい、おれは連中の名前すら知らないんだぞ」

「連中のことは〈コモドアバー〉で拾ったんだったな？」

「ああ。だけど……なあ、なぜそんなことを知ってんだよ？」ジョニーはハッチンソンに鋭い視線を投げた。そして頭をひょいと傾けた。「なるほど！　それがボスってわけか！」

ハッチンソンは肩をすくめた。「さてと、これは賭けだな。車は外に用意してある。運転はウィルバーで、あんたは彼の隣りに座る。反対側にはパットが座る。二人にはさまれるって寸法だ。車から飛び出そうなんて気を起こされたら厄介だからな。で、おれは後部座席に乗る。やることがあるんでね。これまでのところ、おれたちはのんびり構えてきたが、どうやら大ごとになりそうだってことは、ここで言っておいてもいいだろう。途中でこの件から手を引いたりすれば、おれはグアテマラに送られて二、三年は帰ってくんなって話になりそうだ。事情はわかったか？」

ジョニーはうなずいた。

「そのうえにだな」ハッチンソンが続けた。「車から降りたら、あんたはこいつら二人にはさまれて歩いてもらい、すぐ後ろにおれがつく。妙なことをしてみろ、たとえグランドセントラルの中であっても、おれは躊躇なくあんたを殺す。さあ、出発だ」

ハッチンソンの命令の下、全員が部屋を出て階段を下り、砂利敷きの私道から、骨組みだけの小さな車庫に向かった。車庫には大型のツーリングカーが一台停まっていた。

そろって乗り込むと、ウィルバーがエンジンをかけ、バックで出した。すぐに車はマカダム道路に乗り入れた。最も近い家まで百ヤード以上離れていることに、ジョニーは気づいた。

彼にはまったく土地勘のない場所だった。

ウィルバーは十分ほど車を飛ばして別の道に入り、そのまま次の交差点までエンジン全開で走らせた。そしてもう一度角を曲がった。勝手のわからないジョニーは、車が最初に横断した道を今度はまた引きかえしていると勘違いしていた。

しばらくして、ウィルバーが車をパークウェイに入れると、ジョニーは「マーカス街」と記された道路標識に気づいて、自分たちがもともといた場所はマンハセットからそう遠くないところだとわかった。大して驚くことでもないだろう。ジョニーは打ちのめされてから、マンハセット近くで囚われの身になっていたのだ。

車は何事もなく町なかへ入っていった。トライボロ・ブリッジで通行料を払うために停車したときでさえ、ジョニーは逃げ出そうともしなかった。ハッチンソンやほかの連中にも話したとおり、ジョニーはヒーローじゃない。ユリシーズの蹄鉄など、彼にとってはどうでもよかったのだ。

グレーのホンブルク帽を引き取りに〈ブルドッグ&プッシーキャット〉に立ち寄った後、ウィルバーが東四十三丁目に車を駐車させると、前部に座っていた三人と後部に座っていたハッチンソンの計四人組は、レキシントン街と四十二丁目のところまで歩いて行き、〈コモドアバー〉に乗り込んだ。

そのバーで四人がビールを一杯飲むあいだ、ジョニーはバーテンダーたちを見回し、ハッチンソンに言った。「残念だが、あれはもっと遅い時間帯だった。あのときとは別のバーテンダーしかいないな。どのバーテンダーも、あの六人組を知っていそうにないね」

「あてが外れたか」ハッチンソンが言った。「じゃあ、グランドセントラルへ行って電話をかけるとしよう。あんたが驚くかもしれないぞ」

四人組はグランドセントラル内で、二列に並んだ電話ボックスにはさまれた細い通路を押し合うようにして進んでいった。あいているボックスのうち、扉付きのものは一つしかなく、ハッチンソンはそこで電話をかけた。

「ハッチンソンだ」と彼は切り出した。「いまグランドセントラルにいます。バーテンダーは見つかりそうになくて……そうです……すばらしい！　わかり次第、連絡します」

ハッチンソンは電話を切ると、ジョニーに向かってにやっと笑いかけた。

「同胞よ、おれたちの団結力の勝利だ。例の客たちは全員、パーク街に近い四十一丁目にあるホテルに滞在中だそうだ。ちなみにだが、連中はサウスダコタ州から来た小麦農家の一行だとよ」

ジョニーはかぶりを振って、ハッチンソンの〝ボス〟とやらの徹底ぶりに感心してみせた。

四人はグランドセントラルを出てパーク街を進み、四十一丁目にたどりついた。その区画の真ん中あたりに建つホテルは、世紀の変わり目には有名なユースホステルだったものの、いまではただの古ぼけた、過去の遺物みたいな宿だった。

建物内に入ると、四人組はガタついたエレベーターに乗り込み四階へ上がった。ハッチンソンが四〇〇号室のドアをノックした。

「どうぞ！」中から叫ぶ声がした。

ハッチンソンに小突かれて、ジョニーがドアを開けた。グラス越しに、彼のほうに目をやった男が二、三人、いずれもこの前の晩に出会った酔っ払い連中だ。あれからずっと飲んでいるのか、それとも新たに飲んでいるのかは不明だが、酔っ払いであることに変わりはない。

ジョニーは笑みを浮かべた。「やあ、ご同輩がた」

「おい！」男のひとりが声をかけた。「あんたのこと、覚えてるぜ。ゆうべおれたちを、あんなぼったくりバーに連れていったやつだよな……」

「ぼったくりだって？〈ブルドッグ＆プッシーキャット〉は、この町じゃ優良ナイトクラブの一つだぞ」

「そうなのか？　ふーん、ぼったくりの店とどこが違うっていうんだ。九十二ドルの勘定書を突きつけられたぞ。おれたち、シャンパンを二、三本頼んだだけなのによ。おまけに、おれの帽子も盗みやがったんだ」

「その件で、ここに来たんだよ」ジョニーが言った。「帽子は盗まれたんじゃない、店側が預かり品を取り違えたんだ。おたくの帽子はこっちで、おれの帽子がここにあるんじゃないかと思ってね」

ジョニーが男に帽子を渡すと、受け取ったほうは頭にのせてみた。「おお、ぴったりだ。じゃあ、おれのに間違いないな。ええっと、あんたのソンブレロはあそこだよ」彼はドレッサーのほうを指さした。

ジョニーが帽子を取りに部屋に入っていくと、ハッチンソンと騎手ら二人の姿が戸口から丸見えになった。ジョニーに帽子を返してもらった男が呼びかけた。

「やあ、友だちが一緒だとは気づかなかった。さあ、中に入って一杯やんなよ、兄弟」

「すぐ帰るので、お気遣いなく」ハッチンソンが気取って言った。彼は、自分の帽子をかぶろうとしているジョニーを手招きして呼びもどした。

ジョニーが言った。「おお、そうだ。帽子と一緒に、蹄鉄があったと思うんだ。おれの幸運のお守りなんだが……」

「油断するにもほどがあるぞ！」酔っ払いのひとりが声をあげた。「つまりだな、あんたはあんなものを、いつもあんなふうに持ち歩いてんのか？　ズボンの時計入れ用の切りポケットにだって入らねえだろ？」

「たしかに。鎖もついてないしな」ジョニーが言った。

男は首を振った。「こんなふうに手に入れたのだって、幸運をもたらしてくれたのかもな」

そう言うと、彼はドレッサーに近寄り、引出しを開けて蹄鉄を取り出し、ジョニーに手渡した。

ジョニーが振り向いて蹄鉄を差し出すと、ハッチンソンは、右手をポケットにいれたままなので――銃を握っているから――蹄鉄を受け取ろうとして左手をのばした。

その手をジョニーがはねあげて、鉄製の蹄鉄をハッチンソンの顎に食らわした。相手は叫び声をあげて、ポケットの中にあった銃を引っぱり出し、ジョニーに向かって倒れ込んできた。そんな相手をジョニーは足蹴にした。靴の先っぽで、あくまで軽く。

次に騎手ら二人のほうに向きなおると、二人は素早く後ろへ下がった。

「あばよ、トンチキども！」ジョニーはそう言って、歩いて部屋から出ていった。けれども廊下に出たとたん、いきなり全速力で走り出した。階段室に突進すると、階段を一度に四段ずつ駆け下りていった。

ロビーでは荒い息遣いを落ち着かせ、回転ドアを足早に通り過ぎると、四十一丁目から、五番街と四十二丁目の角まで行ってバスに乗った。四十四丁目で気が変わってバスを降り、徒歩で西に向かって八番街まで行った。

レストランの窓越しに見た時計で十一時十分前だと知ると、エルカミーノ・アパートメントに向かった。階段を四階まで昇り、ヘレン・ローサーの部屋のブザーを押した。

ドアを開けたのはヘレンの父エド・ローサーだった。彼の肩越しにジョニーが目をやると、ヘレンはマスタード色のしゃれたスーツ姿で外出前らしい。ドースキンの手袋をはめているところだ。

「あんたか！」ローサーが言った。「いい男が台無しの顔だな」

「あら、お気の毒だこと」ヘレンが、小ばかにしたように言った。

ジョニーはにやついた。「入ってもいいかい？」

「入るなと言っても入るんだろ？」

「まあな」ジョニーはローサーを押しのけて、無理やり部屋に入ってきた。「ミス・ローサー」ジョニーは言った。「あんたは、持ち札を見せる心の準備ができているかい？」

「持ち札って、なんのこと？」

「ジョー・シブリーの姪というのは、本当かい？」

ヘレンがため息をついた。「ミスター・フレッチャー、わたしに何度、同じことを言わせる気？」

「必要に応じて何度でも、だ。何しろ、あんたが本当にシブリーの姪だとおれに信じさせてくれたなら、遺産の権利を譲渡しようと思うんだ」

「ちょっと待った！」ローサーが叫んだ。「あんたが署名さえすればいい書類は、ここにある。弁護士センセがおれのために作成してくれたものだ」

「チャールズ・コンガーか？」

「そうだ。時間と手間がうんと節約できるぞ、この書類なら。コンガーの話じゃ、とにかく裁判所に行く必要もないってよ」

「父さん」ヘレンが言った。「お願いだから……！」

ジョニーは彼女のことをじっと見て考え込んだ。「あんたは、おれが譲渡証書にサインしてほしくないんだな」

「もともと、伯父さんが譲る気のなかったものを、なんとしてでも自分のものにしたいなんて思わないわ。今回のことは何もかも、ちょっと騒ぎすぎだとわたしは思っているのよ」

「そんなふうに思うのかい？　だったら、おれは何もかも水に流したほうがいいのかもしれないな。そうすることで、おれはジョーの誠意を胸にしまっておけばいいんだし、ユリシーズの世話はウィルバーがしてくれるし」

「じゃあ、あなたは遺産を放棄するつもりなの？」

「おれが使える金なんて一セントもないだろう？　遺言書によれば、おれが財布にいれていいのはユリシーズが勝ちとる賞金だけだ。彼は一度も勝ったことがない――そしてこの先も、勝つことはないと思う」

「たぶんそうね。あなたの言うとおりだと思うわ」

ジョニーはうなずいて玄関のほうに歩き出した。ドアノブに手をかけると、ヘレンが声をかけた。

「なんらかの手続きはとっておくべきかもしれないわ。なぜかって訊かれても、わたしにはよくわからないけど、チャールズが、ほら、あの人は弁護士だから、そのあたりのことはきっちりやらないと気が済まないの。彼のオフィスに立ち寄ってもらえるかしら？」

「意味ないだろ？　馬も厩舎も、そのままあっちにあるんだ。おれは何一つ持ち出しちゃいない」

ヘレンは手袋をはめたままの指先で白い歯を軽く叩いた。「その気持ちはわかるわ。わたしだって同じようなものだもの。でも、これからチャールズのオフィスに行くことになっているから、タクシーに一緒に乗ってもらってもいいわ。彼はわたしが来るのを待っているから、あなたのことは数分しか引き止めないはず。それで、すっかり片がつくんじゃないの？」

ジョニーは肩をすくめた。「お望みとあれば。あんたも来るかい、ミスター・ローサー？」

「いーや、あと数分でラジオの連続ドラマが始まる。聞き逃したくないね」

ヘレンはとても魅力的な女性だと、彼女のあとについて階段を下りながらジョニーは思った。どうしても気になるのは、彼女には人として本来あるべきものが、見当たらなかったことだ。それは思いやりだ。彼女が好意を寄せる男から見れば、思いやりがない女性とは思いもしないだろうし、たぶんまったくないわけじゃないのだろう。ただ、ジョニーへの嫌悪を隠す気など毛頭ないから、彼女はいつも彼によそよそしくふるまうのだ。

通りに出たヘレンがタクシーに合図を送った。車が停まり、ジョニーは彼女のためにドアを開けた。

「五番街のジョルダンビルまで」彼女は運転手に告げた。

タクシーが動き出し、ジョニーは革のクッションにもたれて思いきり伸びをした。ヘレンとおしゃべりしようとするものの、彼女はそっけない返事しかしなかった。

ジョルダンビルの前で二人は車を降り、彼女はジョニーに料金を払わせた。

ビルの出入り口でレフティが、両手を後ろにまわして立っていた。体を前後に揺らしながら、調子はずれの口笛を吹いている。ビルの玄関を通り過ぎようとするジョニーには、うなずいてみせただけだった。

それでも、ジョニーがエレベーターに乗り込むと、レフティは彼の背後に立って言った。

「あんたに会ったらボスは喜ぶぞ、フレッチャー」

「おれは会いに来たつもりはないぞ。そうせざるを得ないとしてもな」

レフティがにやりと笑った。ヘレンがすでに行き先階を告げていて、エレベーターがその階で停まった。彼女が降り、ジョニーも続いた。レフティはエレベーターにとどまった。

ヘレンがきびきびした足取りでジョニーの前を進んでいく。彼女の前でドアが開き、弁護士のコンガーが出てきた。「ヘレン！」彼が声をあげた。「思ったより早く来てくれたんだね」

「ミスター・フレッチャーがあなたに会いたいそうよ」ヘレンは言った。

コンガーがうなずいたので、ジョニーは部屋に入っていった。コンガーはドアが閉まるに任せた。

「どうぞそのまま奥へ。ぼく専用のオフィスがあります」

手前にある部屋はかなり広くて、受付係のデスクを別にすれば、赤い革張りのソファーとそれに見合った革張りの椅子が四脚ある。受付係のデスクには誰もいなかった。

ヘレンは「関係者以外立入禁止」と書かれたドアを目指した。彼女がドアを開けると、そこにウィリー・ピペットがいた。

第二十章

クリーガー判事と一緒にグレートネック警察署を出るなり、サム・クラッグは感嘆の声をあげた。

「判事さんは、ほんとにこの町では〝顔〟なんだな」

判事がうなるように言った。「ここにはもうずいぶん長くいるからねえ。まともな人間と知りあっておくのは無駄なことではないぞ。わたしが入っていったときの、あのシモンズの顔を見た限り、きみに禁錮三十日を課そうとしていたようだ」

「六十日だよ」サムが言った。「おれたちコイン投げをしたんだ。〝倍ちゃら〟だよ。そうだ、あの牢番にあいさつしたいんで、ちょっと待っててくれないかい。あの判事に母親の話を持ち出せば効果テキメンだって教えてくれたんだ」

クリーガーがくすっと笑った。「モーズだな？　あの男は、人が苦しむのを見て喜ぶ傾向があってな。たまには本人を困らせておこう。さあ、これがわたしの車だ。乗りたまえ」

「このままじゃ、まずいと思うんだよな」サムが言った。「おれはジョニーと落ち合わないといけないんだ」

「はあ？　彼はいまどこにいるんだ？」

「わからない」

「わからない？　きみたちは、いつも一緒だと思っていたよ」

サムは車のステップに足をかけたものの、落ち着かなかった。そして、だしぬけにこう言った。「判事、おれたちはジョニーがあんな遺産を受け取るまでは、けっこううまくやってたんだ。金はないけど楽しくやってきた。でも、いまじゃ……」サムはぶるっと体を震わせた。「これまでおれたちに振りかかってきたことを思うと……」

「ああ、あの騎手が殺されたことを言ってるんだね？　ふん！　警察は無駄に大騒ぎするだけで、なんの成果もあげていない。尋問のためにきみたちを連行するかもしれないが、それだけのことだ。現実的なことを言うとだね、きみたち二人が出頭して、その件をさっさと終わらせたほうがよほど賢いと思う。わたしとしては、それを強くお勧めするね。で、フレッチャーの居場所に心当たりはあるかな？」

「わからない。夕べ別れたきりなんだ」サムは口ごもった。「おれたちが〈シブリー・ステーブル〉にいたときにちょっとした揉め事が起こってね。おれはジョニーに、さっさと車に乗ってグレートネックで宿をとれと言われた。だから、そうしたんだ。ところが手持ちが六十セントしかなかったんだよ。部屋は貸せないとホテルに断られちまったんだ」

判事はうなった。「なぜわたしに電話をくれなかったんだ？　ううむ。いまから厩舎まで車で向かわなくてもいいのかい？　フレッチャーがいるに違いないぞ」

「いや、いないと思うんだよ」

「そうか？　じゃあ、ほかにいるとしたらどこかね？　ああ――ドラッグストアがある。車で駆けつけるかわりに、ちょっと電話をかけたいんだ。ここで待っててくれ」

サムは車のドアを開けた。非常に高価なつくりのコンバーチブル型のロードスターだ。判事がドラッグストアに入っているあいだに、サムは運転席に座ってみた。

クリーガーが店に入ってから五分以上が経った。車に戻ってきた判事は、眉をひそめていた。「クラッグ、きみの友だちは、たしかに予測不能な人物だな」

「ってことは、まだ、見つかってないってことかい?」

「居場所はしっかり突きとめたよ。もっとも、電話を三本かけるはめになったがね。いや、言いたいのはそういうことじゃないんだ。彼が何をしようとしているか知っているかね? 彼は、ジョー・シブリーの遺産におけるすべての権利を、署名して譲り渡そうとしているんだよ、どうせわずかな分け前しかないという理由でね。そんないまいましいことを、よくもまあ! このまま黙って見過ごすわけにはいかんよ。あのシブリー家の遺族とやらは金に余裕があるんだな。遺言書を破棄させるには数千ドルの裁判費用がかかる――しかも、裁判に勝つ保証など彼らにはないというのにだ。わたしはね、きみときみの相棒には、少なくとも一万ドルくらいはこっそり手渡してもいいと思っているんだよ」

サムは反論もせず、判事は運転席に乗り込んだ。エンジンがかかり、車は道を走り出した。

「どこへ行くんだい?」サムが尋ねた。

「マンハッタンだ。わたしが到着するまでは何一つ署名しないよう、フレッチャーに釘をさしておいた。しかし、愚かだよ! 手遅れにならなくてよかった」

「おれたちが一万ドルを手にするってのは確かなのかい? 現金でもらえるのかい?」

「もちろんだ。それに、遺言が無事に執行されるまできみたちがねばってくれれば、もう少し多く出せると思う。だが、フレッチャーはあてにならんよ。あの娘に丸め込まれたようだ。おかしなもんだよ、男というのは、女のためなら何でもやりかねん！」

「ジョニーは違うぞ。たしかに女に惚れやすいが、昔からのダチを見限るなんて絶対にない」

「ふうむ！　誰でも弱ってくるものだよ。歳を取るのも感覚が鈍るのも、防ぎようがない」

判事は何かにつけ重々しく振る舞う男だったが、こと車の運転となると、重々しさがまるでなかった。彼のコンバーチブルは制限速度より十マイル超えの速度をほとんど落とすことなく、パークウェイから町中へと疾走していった。

一度だけ白バイ警官に追跡されたが、車内をのぞかれ判事がいるとわかると、うなずかれただけで車を先に行かせてもらえたのだ。

判事が四十四丁目と六番街の角にある駐車場に車を乗り入れたのは、十一時五分前だった。そこから判事とサム・クラッグは五番街にあるジョルダンビルまで歩いていった。ビルに近づくと、それまでずっと不安げに顔をしかめていたサムが、急にたじろぎ、判事の腕をつかんだ。

「ビルの前にいるあの男！　ウィリー・ピペットの子分だよ」

「ピペット？　ピペットとは何者かね？」

「元締めだよ」サムが言った。

レフティが気づいて、からかうようにあいさつしてきた。そのギャングの横すれすれを判事は通り過ぎていき、サムもあとに続いてビルの中へ入っていった。

エレベーターを降り、判事が先頭に立ってとあるオフィスへ向かい、そのドアを押し開けた。

ホワイティが赤い革張りの椅子から立ち上がり、サムに銃を向けた。「ヘラジカ（「図体のでかいやつ」の意味にかけている）の解禁日は今日だったか。おまえさんには一つ借りがあるぜ」

チャールズ・コンガーが室内にあるドアを開けた。「おや、判事!」

「まだ来てないのかね?」

「ええ。でも、電話をもらったところです。こちらに向かっている途中ですよ。五分で到着するでしょう」

「ジョニーのことか?」サムが声をあげた。

ホワイティが近寄ってきて、サムの背中を銃口でつついた。「中へ入んな」

サムがしぶしぶコンガー専用のオフィスに入ると、戸口に向かって置かれた革製の大きな肘掛け椅子にピペットが座っていた。

「やあ」ピペットが言った。「あんた、昨日は時間を無駄遣いしたな。もっとも、あんたの仲間が多才なのは認めてやるよ。やつみたいな男なら、おれの商売で使いたいもんだ」

サムが咳払いをした。「おれは、あんたらをひとまとめでやっつけたっていいんだ。そのハジキを引っ込めろよ、ホワイティ……」

「チッチッ」ピペットが頭を振りながら言った。「荒っぽい連中はもうたくさんだ。ホワイティ、やつに好き放題言われてどうするんだ、ゆうべと同じだぞ」

「おれに同じ手は通用しませんぜ、ボス」ホワイティがうなるように言った。

「もうすぐここに来るはずですよ」コンガーが声をかけた。

彼は部屋を出ていった。ほどなくして、ジョニー・フレッチャーに話しかけているコンガーの声がサムの耳に届いた。大声で警告しようと口を開けかけたが、ホワイティが近寄ってきて、にらみをかせた。彼はサムの顔の六インチ手前で銃口を向けた。

やがてドアが開き、コンガーがジョニーとヘレン・ローサーを連れて入ってきた。少し遅れてレフティが入ってきた。

「ジョニー！」サムが悲痛な声をあげた。

ジョニーは深く息を吸った。「どういうことなんだ、サム？」

「行きついた先が、このありさまだよ！」サムが悲しげに叫んだ。

ジョニーは片手で額をなでた。「おれもおまえも、とはね」

「そして、おれもだ」私設馬券屋のピペットが言った。「とんだ鬼ごっこをさせられたもんだぜ」

「ゴホンゴホン！」クリーガー判事がわざとらしい咳払いをした。「さっさと用件を片づけてしまおうじゃないか。フレッチャー、その上着のたるんだポケットに、何かしまい込んでいるようだが、それが蹄鉄ってことはないだろうね？」

ジョニーはポケットから蹄鉄を取り出した。「ハムサンドじゃなさそうだ」

判事がじれったそうに手をのばして、蹄鉄を受け取ろうとしたが、ジョニーはつかみかかろうとするその両手をよけて、ヘレン・ローサーに蹄鉄を差し出した。

「これはあんたが持つべきものだ、ミス・ローサー。〝虎穴（こけつ）〟に連れてきてくれた礼だよ」

ヘレンは下唇を噛んだ。蹄鉄を受け取ると、それをひっくり返したりひねったりしようとした。コンガーが彼女に近づき、その手から蹄鉄を受け取って、やはり蹄鉄をじっくり見てから、ねじろうとしたがだめだったので、無念そうな声をもらした。

「端っこにある滑り止め（クリート）だよ」ジョニーが言った。「それを引き抜くんだ」

コンガーが蹄鉄の端にある、下に曲がったクリートを握り、力いっぱい引いた。蹄鉄の短い部分がはずれ、中が空洞になっている。コンガーが蹄鉄の中をのぞき込んで言った。

「からっぽだ！」

「なんだって？」クリーガー判事が叫んだ。

ヘレンは鼻の穴をふくらませた。「あなたが盗ったのね、フレッチャー」

「遺言状かい、ミス・ローサー？　クリーガー判事が作成したあとの、新たな遺言状か……」

「それはどこにあるんだ、フレッチャー？」コンガーがざらついた声で迫った。

「どこにも。遺言状なんてなかった」

「嘘だ！」

ジョニーはコンガーに軽蔑の視線を投げると、ウィリー・ピペットのほうを向いた。「連中の〝芝居〟は大したもんだな、ウィリー」

「あんたの〝芝居〟も悪くないぞ、フレッチャー」

「気に入ってくれたか？　じゃあ、もうひと芝居うたせてくれ。クイズを出すぞ、ウィリー。『クリーガー判事は、あなたにいくら借りがありますか？』」

「フレッチャー！」クリーガー判事が声を荒げた。「遺言状はどうしたんだ？」

「質問にお答えしよう、フレッチャー」ウィリーが突然言った。「彼の借りは六万ドルだ」

「ピペット」判事がどなりつけた。「わざわざ答える必要などないぞ」

「そうかい？」ピペットは淡々と聞き返した。「あんたは返済する気があるのかい、ええ？」

「それは〝たら〟〝れば〟次第だそうだ。つまり、ジョー・シブリーの遺産を横取りできたら返せる、とさ」ジョニーが言った。「ただし、遺言状がいまも有効なら、ちょっと具合が悪いんだな。実際のところ、この遺産は契約期限が曖昧だ。もちろん、遺言執行人として、判事はちょいとネコババしようと思えばできるかもしれないが、それはかなりリスクを伴う。そこで判事は、より最新で、有効だと認められる自筆遺言証書が発見されることを喜んで許すつもりだったんだ。その内容とは、全財産をいっさいの付帯条件なしでシブリーの姪であるミス・ヘレン・ローサーに遺す、としたものだ。とりわけ、ミス・ローサーと判事が、まあ、よいお友だちになってからはなおさらのこと。判事はミス・ローサーにことのほか親切だったからな。二千五百ドルもする、あんなにすばらしい自動車をあげるくらいだし……」

「クリーガー」コンガーがだみ声で言った。

「そんなことは嘘だ」判事がしゃがれた声で言った。

「続けろよ、フレッチャー」ウィリー・ピペットが言った。「あんたの芝居にはわくわくしてきたぞ。なかなかいいかもしれないな」

「どんな結末を迎えるか見当もつかないだろうな、ウィリー。あっと驚くぞ。判事は名誉市民だよ、社会の中心人物だ。いい人脈と、めかしこんだ外見の持ち主でもある。だけどそんなものは、あんたにとってなんの影響もなかったんだろう、ウィリー？」

「六万ドルは六万ドルだ」

「あんたは、この金のことで催促したのかい？　ひょっとして、ほかの名誉市民に言うぞと脅してたんじゃないのか？　そこにきてジョー・シブリーだ、彼が突飛な遺言状を書いたもんだから……」

「発言には用心したまえ、フレッチャー！」クリーガー判事が叫んだ。「きみを名誉棄損で訴えるぞ」

「判事」ピペットが言った。「その口を閉じときな！」

「ジョー・シブリーは死んだ」ジョニーが続けた。「クリーガー判事はむやみに悲しんだりしなかった。百万ドルの遺産が己の手に入るとなれば、ウィリー、あんたに返すためにたかが六万ごときをかすめ取るくらい可能だと、どうやら思ったに違いない。ところが何が起こったか？　突如、あちこちから身内が湧いて出てきちまった。相続の禁止命令を求めて正式に訴えられたら、判事がジョーの遺産をくすねるのは不可能になってしまう。そうなったら、ウィリー、あんたにとっても具合が悪い。とりわけ判事から、ジョーがどうやら新たに遺言状を作ったらしいと打ちあけられて以来、もしもその遺言状が見つかれば、おそらく遺産は判事の手からそっくりこぼれ落ちてしまう。二通目の遺言状さえ出てこなければ、たとえあとから湧いてきた親族が最初の遺言状を無効にしようと時間をかけたところで、けっきょくは彼らが裁判に負けるだろう……そうなれば、まあ、遺言状の執行が遅れても、遺産がないよりはずっとましだ。だからあんたは、自分の子分たちをどっさり判事に貸し出した。二通目の遺言状が白日の下にさらされないようにね」

ジョニーは、ピペットの、冷ややかでうんざりしたような目を見て言った。「ところが、二通目なんて存在しなかったんだ」

「蹄鉄には、何があった？」ピペットがぶっきらぼうに言った。

「穴だ」

「そんなのは嘘だ！」判事が叫んだ。「きみは遺言状を見つけて、破棄したんだ」

ジョニーが突然、右足の靴紐を緩め出した。靴を脱ぎ、中から小さく折りたたまれた一枚の紙を取り出して広げた。「これが、蹄鉄の中に入ってたのさ。読むよ」

関係当事者殿
わたしの親族だと主張する者が現れたらそれは偽者だ。とくにヘレン・ローサーという女性名をひきあいに出す者には注意されたし。ヘレン・ローサーは十五年前にオクラホマ州プライアーで亡くなった。現地にはその証拠が残っている。

ジョゼフ・シブリー

「見せてくれ」ピペットはそう言って紙に手をのばした。

ジョニーは渡した。「これがジョー・シブリーが殺された理由だ。だからヘレン・ローサーがしゃしゃり出てきて、自分はシブリーの姪だという主張がまんまと通ったわけだ」

「とても面白いわね」ヘレンが言った。「面白いったらないわ、それが本当ならね。あなた、わたしが、自分の伯父を殺したと、遠回しに言っているのかしら?」

「違うよ」ジョニーは言った。そしていきなり前に進み出ると、ピペットのそばにかがみ込んで耳打ちした。今度ばかりは、ピペットが冷静さを失った。

「まさか!」びっくりして彼は叫んだ。

「本当さ――証明してやるよ!」

「どうやって?」

「あんたに見せることで、だ。一緒に来るなら……」

ピペットはジョニーをじっと見ていたが、やがて勢いよく立ち上がって言った。

「レフティ、おまえはここに残って連中たちをもてなしていろ。ホワイティ、一緒に来い」

「サム」フレッチャーが声をかけた。

「だめだ」ピペットは反対したものの、けっきょくは肩をすくめて言った。「どのみち違いはないか」

かっきり五十分後に、ウィリー・ピペットはジョー・シブリーの家の車寄せに車を乗りいれた。車が停まるなり、母屋からウィルバー・ガンツが飛び出してきた。

「おや、もうお帰りだったか?」ジョニーが声をかけた。

「蹄鉄を持ってったのはこいつだよ」ウィルバーがピペットに言った。

「わかってる。もうこっちにあるんだ。ところでウィルバー、おまえさんは今回の件で、いったい誰の味方なんだ?」

ウィルバーが不安そうに、ピペットからジョニーへ視線を移した。「言うまでもねえよ」彼はぶつぶつ言った。

「そうだな。だが、どうだか。さあフレッチャー、案内してくれ……!」

ジョニーは母屋の前を素通りして歩き出した。ウィルバーが声を嗄(か)らして叫んだ。「ちょっと待ってくれえ!」

ピペットがホワイティにうなずくと、ホワイティはウィルバーに向かって薄気味悪い笑みを浮かべた。

ジョニーは急に速足になり、細長い厩舎に飛び込んだ。事務所の扉を勢いよく開けると、迷うことなく突進し、隣接する扉も押し開けた。

するとさらにその奥にある、ユリシーズの馬房に直結する扉が音を立てて閉まったのだ。ジョニーはその扉に駆けより押し開けようとした。反対側で誰かが押し返している。

ピペットが号令をかけた。「いち、にいの……さんっ！」自分の力とジョニーの力を結集させた。

扉がばんっと開いた勢いで、男がひとり、床に大の字で倒れ込んだ。

「やあ、ジョー」ジョニーが呼びかけた。

「ジョー・シブリー！」ピペットが叫んだ。

ジョー・シブリーが床から立ち上がり、ズボンについた藁を払い落とす。「どうしてわかったんだ、ジョニー？」

「夕べの一撃のせいだよ。真夜中にここをうろつけるのは、あんたしかいないと思ったんだ。あんなふうに袋の中みたいに真っ暗じゃ、ウィルバーでさえうまく立ち回れないからな。そもそもあいつは、糊口をしのぐためにおれに頼るしかない男を演じるには、少々生意気すぎたんだ」

ピペットがゆっくり頭を振った。「おれには、さっぱりわからん。ジョー・シブリーは死んだと思っていた。誰も気づかなかったのか？……」

「警察が目にしたのは、飼っていた馬に蹴り殺されたひとりの男。顔をすっかり潰されてしまった男だ。実のところ、誰だってよかったってこと……」

「誰だったんだ？」

ジョニーはジョー・シブリーを見た。ジョーがため息をついた。「さあ。物を売りに来た、ただの行商人だ」

「だけど、こんなことまでやる意味がわからん」ウィリー・ピペットが言った。「なんでまた、こんなばかげたことをしようと思ったんだ、ジョー？」

ジョニーが口をはさんだ。「あんたなら、わかるはずだぞ、ウィリー。あんたは昨日、ユリシーズで大金をすった。ジョーがどうやって稼いでいたか見当がつくだろう?」

「つまり……ユリシーズでってことか?」

「ユリシーズはひと仕事終えれば、殺される運命だった。ただ昨日はその日じゃなかった。ジョーはまだとんずらの準備が終わってなかったからだ。おれは思うんだが、前にも馬を使って、こっそり金を稼ぎまくっていたんじゃないのか」

「ふんふん」ジョーが言った。「これまでに三頭の馬で〝引っぱり〟をやってきた結果、百万ドルにまでしたんだよ。ユリシーズでなら、最高額だってたたき出せただろうな」

「ところがあんたは、そのために人まで殺した、そうだな?」ジョニーは問い詰めた。

ジョーは肩をすくめた。「百万ドルのためだ。あんただってやるだろ?」

「やらない」

ジョー・シブリーはウィリー・ピペットのほうに向き直って言った。「だが、ウィリーならやるよな?」

ピペットがうなった。「とんだ思い違いだぜ、シブリー」

ジョーが晴れ晴れした顔で言った。「ふん、いいことを聞かせてもらったよ」

「開き直るなよ、ジョー」ジョニーは言った。「もう逃げ道はないぞ。いずれ警察が捕まえにくる。行商人と……騎手のソニー・ウィルコックスを殺したかどで。それにしても、なぜソニーまで殺す必要があったんだ?」

「あんたが、あの小僧をユリシーズに乗せたからだ。あのレースで、ユリシーズを勝たせるわけにはないかなかったんだ」

「それで、ウィルバーに蹄鉄を緩めさせたわけか。しかも、ソニーは初騎乗で負けて、がっくりきているところで周囲を見回した。そこで、落ちた蹄鉄に気づいたんだ」

ピペットが首を振った。「おれにはまだ、さっぱりわからん。あの判事――それに、遺産相続の件がどうかかわっているんだ」

「道具立てだよ」ジョニーは言った。「大道具と背景だ。判事はあんたに大きな借金があった。だからこそジョーがあんたをハメるのに、判事がうってつけの道具だったのさ」

「じゃ、あの娘はなんなんだ！」

ジョニーはジョー・シブリーを皮肉っぽくながめた。このホースマンは弱々しい笑みを浮かべたが、ピペットは顔を真っ赤にした。

「おれをカモにして騙しやがったな、シブリー！」

「一番のカモは判事だよ」ジョニーは言った。「彼はまったく何も知らなかったんだ。だからこそ、名演を披露するはめになった。彼はウィルバーに金を払ってまで、あんなまやかしの蹄鉄で、おれを振りまわした……」

「信ぴょう性を高めるためさ」ジョーが、筋違いのプライドをもって言った。「たいていの連中がしくじるのはそこなんだ。いくら離れ業でも、何度もやったらばれるに決まっている。おれの場合は、新しい馬を手に入れて、新しい場所へ行って、じっくり時間をかけるんだよ。おれはユリシーズを二十三回走らせて、一度も勝たせなかった。馬好きの頭のいかれた金持ち男の像をつくりあげた。絶対に注意をひかせる、とびきりの遺言状を作った。それから自分で自分を殺した。誰も気づきっこないと思った。なんでそんな工作をするかっていえば、大穴馬券で濡れ手で粟の大金を独り占めして、あとは人知れずドロンするためだよ。表向き、おれは死んでいるんだし、お役御免のユリシーズがどうなろうが知ったこっちゃない」

ジョー・シブリーが突然、ジョニーのほうを向いた。「おれは、地下鉄であんたに命を救ってもらうことさえ仕組んだ。あんたも、ユリシーズで大儲けできたのにな。でもだめだったな。あんたはその鼻で、あちこち嗅ぎまわりすぎた……」

ジョニーがサムの腕をつかんだ。「サム、シブリーは五十だぞ。おまえ、いい歳した男を殴ろうなんて思わないだろ?」

「鼻で思い出したぜ……」サムが急に口をはさんだ。「おれが、鼻に一発食らわせてやる」

ジョニーは額の傷を軽くなでると、いきなりジョー・シブリーに飛びかかった。その鼻に一発お見舞いすると、心が清々するような音がした。ジョーは後ろへひっくり返ってしまった。

ジョニーがサムのほうを向いて言った。

「よーし、サム!　おれたちの遺産から、さっさとおさらばしようぜ!」

訳者あとがき

アメリカの作家フランク・グルーバー（一九〇四〜六九）による、〈ジョニー・フレッチャー&サム・クラッグ〉シリーズ六作目をお届けします。

本のセールスを生業とするジョニーとサムの二人が主人公の本シリーズでは、ジョニーが自ら書いた怪しげな肉体改造本を口八丁手八丁で売り込み、サムがその本を実践した〝体験者〟と称して見事な体格と怪力を披露します。二人は毎度さまざまなゴタゴタや事件に巻き込まれ、ときに犯人扱いされたり、逃走を続けたり、留置場にぶち込まれたり、あるいは真犯人探しに勝手に乗り出したりしながらも、知恵と勇気と、とびきりのユーモア精神を発揮して、波乱万丈の日々を乗り越えていくというのが物語のお約束です。

今回のトラブルは、ニューヨーク州にある競馬場から始まります。ジョニーとサムは、ひょんなことで親しくなった競走馬の持ち主（馬主）に誘われて、競馬で一発あてようとオンボロ車で競馬場へ繰り出します。場内に入る前から、車の接触事故で若い女性とひと悶着を起こし、警察を呼ぶ呼ばないの騒動に巻き込まれます。でも、そこは転んでもタダでは起きないジョニー、その場を強引に切り抜けたばかりか、ちゃっかり本まで売って軍資金を増やします。でも人間、欲を出せばロクな目にあわないのが世の常。有り金をすってオケラになったばかりか……さらなる災難が、この凸凹コンビに振りかかってくるのです。

本作には、当時のアメリカ競馬界の一端が映し出されています。作品発表（一九四二年）以前のアメリカ競馬界といえば、十九世紀末から二十世紀初めにかけて競馬禁止法により競馬が衰退したものの、私設馬券屋を排除したことで、パリミューチュエル方式（日本の競馬も同じ方式。十三ページの訳注参照）による馬券が発売されるようになり、再び盛り上がります。二度の世界大戦中も、アメリカでは競馬が盛んに行われていたのです。

当時と現代とではアメリカ競馬もシステム等の違いはあるでしょうが、勝ち負けに一喜一憂する客たちの姿や、手塩にかけた馬たちを勝たせたいという馬主や調教師たちの思いや、ギャンブルという性質上、悪だくみを練る者の存在など、今も昔も物語が生まれる要素には事欠きません。

本作に登場するジャマイカ競馬場は、ニューヨーク州ロングアイランドの西端に位置するクイーンズ地区に実在した競馬場です。一九〇三年に開場し、一九五九年に閉場されるまでの五十六年間、ニューヨーカーたちが気軽に出かけることができた娯楽場として親しまれていたようです（ちなみに閉場後の敷地一帯はその後、広大な住宅地として整備開発されました）。

ところで、シリーズ第一作『フランス鍵の秘密』（早川書房）では、ジョニーがかつて本の売り上げで年に七万五千ドル以上を稼ぎ競走馬まで持っていた……と話すくだりがあるほど、彼が競馬にいれ込んだ過去が語られています。であれば、競馬界のことは多少は詳しいはずなのですが、なぜか本作中のジョニーは、そんな過去をすっかり忘れてしまったかのように、馬券の買い方やオッズの見方に素人っぽさが出ています。これは作者があまりに多作だったせいなのか、あるいはあえて毎回、新鮮なプロフィールを提供しようとしたのか――もはや作者本人に確認がとれない以上、あれこれ想像をめぐらすしかありません。

競馬ファンの方からみれば、少頭数立てのレースにしてはオッズがつきすぎるとか、出走当日の調教で全力疾走させるなんて〝あり得ない！〟などと、ツッコミどころも多々あると思います。明らかに誤記と思われる箇所には修正を加えましたが、それでもツッコミたくなる描写が残ってしまいました。これも、破天荒な作品の一部としてご容赦いただければと思います。

ちなみに原題の The Gift Horse ですが、これは英語の諺 Don't［Never］look a gift horse in the mouth.（もらいもののあら捜しをするな）によると思われます。〝馬の年齢は歯を見ればわかる〟ことに由来する表現だそうです。本作の原文では、馬の調教のために朝まだ暗いうちに起こされて腹を立てるサムをジョニーがたしなめる箇所に使われています。

ここに、あらためて〈ジョニー＆サム〉シリーズを発表順に記しておきます。

①The French Key (1940)『フランス鍵の秘密』（早川書房）
②The Laughing Fox（1940）『笑うきつね』（早川書房）
③The Hungry Dog（1941）『はらぺこ犬の秘密』（論創社）
④The Navy Colt（1941）『海軍拳銃』（早川書房）『コルト銃の謎』（東京創元社）
⑤The Talking Clock（1941）『おしゃべり時計の秘密』（論創社）
⑥The Gift Horse（1942）『ポンコツ競走馬の秘密』**本書**

⑦The Mighty Blockhead（1942）『怪力男デクノボーの秘密（仮）』（論創社・近刊）
⑧The Silver Tombstone（1945）『ゴーストタウンの謎』（東京創元社）
⑨The Honest Dealer（1947）
⑩The Whispering Master（1947）『噂のレコード原盤の秘密』（論創社）
⑪The Scarlet Feather」（1948）
⑫The Leather Duke（1949）
⑬The Limping Goose（1954）
⑭Swing Low, Swing Dead（1964）

〈ジョニー&サム〉シリーズ未訳作品は今後も翻訳が予定されています。どうぞお楽しみにお待ちください。

最後に、本書を訳す機会を与えてくださった故・仁賀克雄先生に心からの感謝を捧げます。

二〇二〇年一月

〔著者〕
フランク・グルーバー

別名チャールズ・K・ボストン、ジョン・K・ヴェダー、スティーヴン・エイカー。1904年、アメリカ、ミネソタ州生まれ。作家になることを志して勉学に勤しみ、包み紙などに短編小説を書き綴っていた。16歳で陸軍へ入隊するが1年で除隊し、編集者を経て作家となる。初の長編作品 "Peace Marshal"（39）は大ベストセラーになった。1942年からハリウッドに居を移し、映画の脚本も執筆している。1969年死去。

〔訳者〕
冨田ひろみ（とみた・ひろみ）

翻訳者、ライター。埼玉大学教養学部卒。訳書にエドマンド・クリスピン『列車に御用心』、ジョン・ダニエル『傭兵の告白 フランス・プロラグビーの実態』（いずれも論創社）、キャンディス・フォックス『楽園　シドニー州都警察殺人捜査課』（東京創元社）など。

ポンコツ競走馬の秘密
——論創海外ミステリ 247

2020年2月20日　初版第1刷印刷
2020年2月29日　初版第1刷発行

著　者　フランク・グルーバー
訳　者　冨田ひろみ
装　丁　奥定泰之
発行人　森下紀夫
発行所　論 創 社

〒101-0051 東京都千代田区神田神保町2-23 北井ビル
TEL:03-3264-5254　FAX:03-3264-5232　振替口座 00160-1-155266
WEB:http://www.ronso.co.jp

印刷・製本　中央精版印刷
組版　フレックスアート

ISBN978-4-8460-1890-0
落丁・乱丁本はお取り替えいたします